# Cat's Cradle

# 貓的搖籃

Kurt Vonnegut

馮內果——著

謝瑤玲 曾志傑——譯

# 目次

導讀

# 末日的諷刺

朱嘉漢（作家）

科學與宗教兩者之間有何相同的關鍵字？真理？信仰？生命？虔誠？

馮內果或許會告訴我們一個不太容易想到的：末日。

從古至今，激發人最多關於末日到來的想像的，正是宗教。然而，如今讓這想像的末日成為可能的，則是科學。

《貓的搖籃》的故事乍看複雜、瑣碎，敘事者的追尋總是歧出與迷失，讓人搞不清楚方向。這本書的架構令人忍不住想起伏爾泰的《憨第德》。不僅是讓角色們有天馬行空的際遇，或總是會在關鍵時刻聚在一起，問題不但不會解決且引發更多問題。除了這些以外，馮內果與伏爾泰最大共同處，是對於教條主義都毫不留情地批判。

只不過，伏爾泰是讓角色受到各種現實的折磨與打擊。馮內果則走相反路徑：《貓的搖籃》每一位角色，所受的欲望或觀念驅使，總使他們遠離現實且失去現實感，最後讓他們可以輕易毀滅世界。

書名本身提供了多重的線索。「貓的搖籃」是花繩遊戲的一種圖案。是（虛構的）原子彈之父菲利克斯・霍尼克唯一會在孩子面前擺弄的遊戲。

作為傳記記者的敘事者，追尋原子彈發明者子女的下落，詢問出他們對父親的記憶，好觸及原爆時作為原子彈發明者的內心狀態。發明這個毀滅性武器的人，內心住著什麼？答案或許就跟科學家的么子紐頓所說的一樣：「貓的搖籃」裡，沒有貓，也沒有搖籃。這本質是欺騙，是個想像力的遊戲。

這正是危險之處。菲利克斯・霍尼克專注於科學研究時，跟他熱衷於遊戲時一樣，投入且不問後果。只顧自身興趣而不顧對他人的影響。科學與技術本身對他而言就是價值。所以當你去問「為什麼？」，去追問他當初設想著怎樣的後果時，他本人可能只會說：好玩。一個可能假設出現，就證明可行，如此而已。就像菲利克斯・霍尼克最後不為人知的發明「冰—九」，就完全是出自於個人興趣的發明。

馮內果給出了文學上最恐怖又幽默的假想：瘋狂科學家隨意發明出毀滅世界的小藥丸，而恰好落入三位各有其身心問題的子女身上。

敘事者像班雅明所描述的歷史天使一樣，越看著歷史的核心，越被核心爆發出的風暴吹遠離。這陣虛無的風，便是未來，人類毀滅自身的未來。

敘事者的追尋勢必是空無的，因為他並非一位有信念與良知者。相反的，他是小說傳統中不可靠的敘事者。敘事者信奉一個充滿虛無教義、以虛幻的術語取代正常觀念，只靠個人主觀認知去確認教友的布克農教。

這一切的相關人等，全部聚集在一位魅力型領袖建立的遺世獨立島嶼。這個島嶼是布克農教的發源地，亦是創教者。國家最高領導暱稱「爸爸」，但實際上是個行將就木，且並不堅持任何願景之人。整個世界也因為他個人的厭世而開啟了毀滅。

在此，馮內果給了我們最後一個末日的可能條件：政治。獨裁者的愚蠢決定，毀滅的不只自己，也使全人類在劫難逃。我們不難看出馮內果對於冷戰時期意識形態的批評。

宗教、科學、政治本身沒有問題，問題在於我們盲目信仰時。不管多麼純善、無害、無涉於世，都是危險的。尤其當我們的信仰成為教條而不質疑，只顧前進而不反思，只去行動而沒有思考後果時。一旦我們把這些本身視為絕對的價值（宗教總是善的、科學總是進步的、政治總是不容挑戰），而脫離了現實時，就會成為極為危險的，使人失去人性，變得自私且無法考慮行動的後果，最後造成毀滅的解果。

不論是這本《貓的搖籃》，或是大家較為熟知的《自動鋼琴》與《第五號屠宰場》，馮內果的科幻與反烏托邦式的小說，充滿了現實感。他的小說不會讓人忘記現實，而是相反，讓我們回望起現實時，感到無比警惕。

為何馮內果的作品總是充滿無所不在的諷刺？因為生活中充滿讓我們忘記現實、遠離人性的事物，那些令人無法自拔、心靈麻木。而小說家的諷刺，總是讓我們有機會拉開一個距離，重新想起我們活在怎樣的世界，而這就是人性回歸的可能之處。

馮內果就是小說家不需說教的最好例證。

# 1 世界末日

叫我約拿吧。我父母都這麼叫我，差不多是這樣啦。他們叫我約翰。

約拿也好，約翰也罷，就算我叫山姆，也依然是個約拿——不是因為我是掃把星[1]，而是由於總有某個人或某件事逼著我在某時某刻出現在某地方，屢試不爽。交通工具和出席動機總是備得好好的，有的正常，有的怪異。然後，我這個約拿就會根據計畫，在每一個指定的時刻出現在每一個指定的地方[2]。

聽著：

當我年輕的時候，也就是在我娶了兩個老婆、抽過二十五萬根香菸，喝下三千夸脫的狂酒之前……

當我還是個毛頭小伙子的時候，我就開始蒐集資料，想要寫一本書，名叫《世界末日》。

---

1「約拿」一名有帶來壞運之人的含意。

2 聖經故事中，上帝指派約拿前往尼尼微（Nineveh）城布道，約拿試圖逃離，但總在最後關頭被上帝阻止，最後不得不接受上帝安排前往布道。

這本書是真人真事。

這本書將記錄在第一顆原子彈落到日本廣島那天，美國的大人物們都做了些什麼。

這是一本基督教徒的書。那時我還是個基督教徒。

但現在我是布克農教徒。

假如當時有人告訴過我布克農這些苦樂參半的謊言，那麼我早就是個布克農教徒了。不過在那時候，除了聖羅倫佐共和國那個由碎石海灘和珊瑚礁環繞的加勒比海小島之外，沒人聽過什麼布克農教。

我們布克農教徒相信，人類全都在不知不覺的情況下被分成不同的小組，負責實踐上帝的意志。布克農稱呼這樣的小組為「卡拉斯」。而將我帶進我那個卡拉斯的「康康」——也就是「工具」，正是那本我從未寫完的書，那本打算命名為《世界末日》的書。

# 2 很好，很好，非常好

假如你發現你的人生毫無道理地與另一個人糾結在一起，

布克農寫道：

那麼，那個人很可能就是你的卡拉斯組員。

在《布克農之書》的另一處，他告訴我們：

人類創造了棋盤；上帝創造了卡拉斯。

意思是說，卡拉斯沒有國籍、單位、職業、家庭和階級之分。卡拉斯就跟變形蟲一樣，沒有固定形狀。

布克農在〈第五十三卡莉普索[3]〉中，邀請我們與他同唱：

喔，中央公園裡的
熟睡醉漢
黑暗叢林中的
獵獅人，
中國牙醫，
英國女王——
這些人全都安裝在
同一部機器裡。
很好，很好，非常好；
很好，很好，非常好；
很好，很好，非常好——
這麼多天差地遠的人，
全在同一具裝置裡。

# 3 愚行

布克農沒提過任何警告，反對人們去挖掘卡拉斯的極限以及上帝賦予卡拉斯的任務本質。布克農只是說，這樣的調查注定是不完整的。

在《布克農之書》的自傳部分，他用一則寓言告訴我們，妄想去發現和理解上帝的旨意，是一種愚蠢的行為：

我在羅德島的新港結識一位聖公會的女教徒，她請我幫她的大丹狗設計一間狗屋。這位女士宣稱，她非常了解上帝和祂的工作方式。她搞不懂，怎麼會有人為了過去或未來的種種感到困惑。

然而，當我拿給她設計好的狗屋藍圖時，她對我說：「很抱歉，我從來都看不懂這類東西。」

3 卡莉普索：希臘神話中的海之寧芙，也是加勒比海地區一種民謠的形式。

「拿給妳老公或妳的牧師，請他轉交給上帝。」我說：「等上帝有空的時候，我相信祂一定會用連妳也聽得懂的方式，跟妳解釋我的這棟狗屋。」

她開除了我。我永遠不會忘記她。她相信上帝喜歡那些坐在帆船裡的人甚於那些坐在汽艇裡的人。她無法注視蟲子。只要看到蟲子，她就尖叫。

她是個傻子，我也是，凡是認為自己知道上帝在做什麼的人，全是傻子。

布克農筆

# 4 暫時糾結的鬈鬚

儘管如此，我還是打算在這本書裡將我的卡拉斯成員盡可能蒐羅進來，而且我打算仔細研究每一項強烈的暗示，好弄清楚我們的集體任務到底是什麼。

我無意讓這本書變成布克農教的手冊。不過，對於這本書，我倒是很樂意提出一句布克農式的警語。《布克農之書》的第一句是這樣寫的：

我將告訴你的所有事實全是無恥的謊言。

我的布克農式警語如下：

「有用的宗教也可以建築在謊言之上，凡是無法理解這點的人，也將無法理解本書。」

就這樣。

⋮

接著，來談談我的卡拉斯吧。

其中當然包括菲利克斯．霍尼克博士的三名子女，霍尼克博士是第一顆原子彈的其中一位「父親」。霍尼克博士本人無疑也是我的卡拉斯成員，雖然在我的「西努卡」——也就是我生命的鬈鬚，開始與他子女的西努卡糾結纏繞之前，他早已過世。

在他的後代中，第一個被我的西努卡碰觸到的，是他的么兒同時也是次子：紐頓．霍尼克。我在我的兄弟會刊物《δυ季刊》（*The Delta Upsilon Quarterly*）上，得知諾貝爾獎物理學獎得主菲利克斯．霍尼克之子，紐頓．霍尼克，已宣誓加入我的分會，康乃爾分會。

於是我寫了這封信給紐頓：

親愛的霍尼克先生：

或者我該說，親愛的霍尼克兄弟？

我是康乃爾δυ兄弟會的一員，目前以自由寫作維生。我正在為一本有關第一顆原子彈的書籍蒐集材料。該書的內容將限於一九四五年八月六日所發生的事，也就是原子彈投到廣島那一天。

由於令尊被公認為該原子彈的主要創造者之一，倘若您能將原子彈投射那天，發生在令尊家中的任何生活軼事告訴我，我將不勝感激。

很抱歉，我對您那尊貴的家庭了解得不夠清楚，不知您是否有兄弟姊妹。倘若有的話，請不吝賜告他們的住址，以便我將類似的請求信寄給他們。

我明白，在那顆炸彈投射之時，您年紀還小，不過那正好。因為我的書正是想強調原子彈的人性面而非科技面，所以透過一名「嬰孩」（請勿介意這個用詞）的眼睛來回憶那一天，將會十分貼切。

您不必擔心格式和文筆問題。那些交給我就可以。您只需要將故事原原本本告訴我。

當然，我會在出版前將定稿寄給您過目，取得您的同意。

您的兄弟

# 5 醫學院預科生的回信

紐頓的回信如下：

很抱歉這麼久才回信。您正在寫的書聽起來很有趣。原子彈投下那天，我實在太小了，恐怕幫不上什麼忙。你真的應該去請教我的兄姊。我姊現在是哈里森·康那太太，地址：印地安那州，印地安那波里斯市，北麥樂町街四九一八號。那也是我家的住址，現在的家。我想她會很樂意幫你。沒人知道我哥法蘭克在哪。兩年前父親喪禮結束後他就失蹤了。從此音訊全無。誰知道呢？說不定他已經死了。

他們在廣島投下原子彈那天，我才六歲，我對那天的所有記憶全是別人幫我記住的。

那時我們住在紐約州伊連市，我記得我在客廳的地毯上玩，就在父親的書房外邊。門開著，我可以看見父親。他穿著睡衣和浴袍，正在抽雪茄，手裡玩著一圈繩子。那天父親一整天都待在家裡，穿著睡衣，沒去實驗室。只要他高興，他愛什麼時候在家就什麼時候在家。

你大概知道，我父親一輩子都在伊連市通用鑄鐵公司的研究實驗室工作。當曼哈頓計畫，也就是那個原子彈計畫通過時，父親不肯為這個計畫離開伊連。他說除非他們讓他在他喜歡的地方工作，否則他不想參與。大多數時候這指的是在家工作。除了伊連之外，他唯一愛去的地方是我們的鱈岬小屋。他是在鱈岬過世的。聖誕夜那天。這你大概也知道吧。

總之，在原子彈投下那天，我就在他書房外的地毯上玩耍。我姊安琪拉告訴我說，小時候我喜歡玩玩具小卡車，一玩就是幾個小時，還會一邊模仿引擎的聲音：「啵登、啵登、啵登。」所以我想，在原子彈投下那天，我一定也在「啵登、啵登、啵登」；父親則在他的書房裡，玩著一圈繩子。

我正巧知道那圈繩子是從哪來的。也許可以在你的書裡派上用場。那條繩子原本是綁在一本小說手稿上，是一個在獄中服刑的人寄給父親的。那本小說是有關公元兩千年的世界末日，書名就叫《公元兩千年》。書中描述了瘋狂科學家們如何製造出可怕的炸彈，足以摧毀全世界。大家知道世界末日即將來臨，於是舉辦了一場盛大的性愛狂歡派對，耶穌基督本人也在炸彈爆發前十秒鐘親臨現場。那本小說的作者是馬文．沙普．何德尼斯，他在隨書附寄的信中告訴父親，自己是因為殺死胞兄而入獄的。他將手稿寄給父親，是因為他想不出那顆炸彈裡應該放哪種爆炸物。他想父親或許可以給他一些建議。

我不是說我六歲時就看過那本書。那份手稿一直放在我家。我哥法蘭克將它據為己有，因為書中有些性愛狂歡的情節。法蘭克把它藏在臥室裡一個叫「牆壁保險櫃」的地方。事實上，那不是保險櫃，而是一個加了錫蓋的舊火爐煙管。法蘭克和我小時候八成看過那段性愛狂歡情節不下上千次。我們藏了很多年後，才被姊姊安琪拉發現。她讀了，說那只是一部又爛又髒的作品。她燒了手稿，包括那條繩子。對法蘭克和我來說，姊姊就是我們的母親，因為我們真正的母親在我出生時就去世了。

父親從未看過那本書，這我敢打包票。我想他一輩子都沒看過一本小說，甚至連篇小故事也沒看過，至少從他是個小男孩的時候開始。他也不看信件、雜誌或報紙。我猜他讀了一堆學術期刊，但老實說，我不記得父親讀過任何東西。

照我看，那本手稿裡他唯一想要的就是那條繩子。他就是那樣。沒人知道他接下來會對什麼感興趣。在原子彈投下那天，他的興趣就是那條繩子。

你讀過他接受諾貝爾獎時發表的演說嗎？全篇演講辭如下：「各位先生女士，我現在能夠站在您們面前，是因為我從未停止閒逛，像某個春天早晨上學途中的八歲小男孩一樣。任何事情都可以讓我停下來，注視、思忖或學習。我是個非常快樂的人。謝謝您們。」

總之，父親盯著那圈繩子好一陣子後，開始用手指玩弄它。他變出一個翻花繩圖案，叫「貓的搖籃」。我不知道父親是在哪學會的。或許是他父親教他的吧。你知道，他爸爸是個裁縫師，所以父親小時候身邊肯定到處是線和繩子。

翻花繩這件事，是我見父親做過的唯一一件會被別人稱為遊戲的事情。他對別人設計出來的各種東西、遊戲和規則完全沒興趣。在我姊安琪拉的一本剪貼簿裡，有篇從《時代》雜誌上剪下來的報導。報導中有人問父親，休閒時都玩些什麼遊戲，他說：「有這麼多真實的遊戲正在進行，我何必去為那些虛構的遊戲傷腦筋呢？」

當他用那條繩子做出貓的搖籃時，他自己八成也很驚訝吧，那也許讓他想起童年往事。他突然走出書房，做了一件先前從沒做過的事。他竟然試著陪我玩。他之前不但從沒陪我玩過，甚至沒跟我說過幾句話。

但他居然在我身旁跪了下來，一邊笑著，一邊在我面前揮舞他手上的纏繞花繩。「看到沒？看到沒？」他問：「貓的搖籃呀。看到貓的搖籃了嗎？可愛小貓睡覺的地方啊？喵，喵。」

他的毛孔看起來像月球表面的坑洞那麼大。耳朵鼻孔全是毛。雪茄菸味讓他聞起來活像地獄的入口。他整個貼在我面前，是我見過最醜的東西。直到現在，我還常常夢見那幅畫面。

接著他唱起歌來。「搖呀搖，小小貓，在樹梢，」他唱著：「風吹來，搖籃動。樹枝斷，搖籃落。搖籃落，貓也掉。」

我放聲大哭。我跳起身來，狂奔出家門。

我得停筆了。已經凌晨兩點多。我室友剛醒來，抱怨打字機太吵了。

# 6 蟲鬥

隔天早上，紐頓繼續寫這封信。內容如下：

現在是隔天早上。我又來了，睡了八小時的好覺之後，整個人就像雛菊清爽。兄弟會館這時段相當安靜。每個人都去上課，除了我。我是個幸運的特權傢伙，再也不必去上課，上個星期我被當掉了。我本來是醫學院的預科生。他們當掉我是對的，我一定會是很糟的醫生。

寫完這封信後，我想我會去看部電影。如果出太陽的話，說不定我會去其中一條峽谷走走。這些峽谷很美吧？今年，有兩個女孩手牽手跳入其中一個峽谷。她們想加入的姊妹會沒收她們。她們想加入的是 Tri-Delt[4]。

再回到一九四五年八月六日那天。我姊安琪拉跟我講過很多次，說我那天不肯欣賞那個貓的搖籃，不肯待在地毯上聽父親唱歌，讓他非常傷心。也許我真的傷了他，但我不認為我能傷他多深。他是有史以來最會自我保護的人類之一。別人傷不了他，因為他對人壓根沒興趣。我記得有一次，大約在他死前一年，我試著要他說些我母親的事。結果他什麼也記不得了。

你聽過那個著名的早餐故事嗎？就是我父母要去瑞典接受諾貝爾獎那天？那個故事曾經刊

登在《週六晚郵報》上。母親煮了一頓豐盛的早餐。餐後，她收拾碗盤時，居然在父親的咖啡杯旁邊看到一枚兩角五分錢的銅板、一枚一角銅板還有三個便士。他竟然留小費給她！

在我狠狠傷了父親的心後——假如真的有的話，我跑進院子裡。我不知道自己該跑去哪裡，直到我在一大叢繡線菊下面發現我哥法蘭克。法蘭克那時十二歲。在那下面看到他我並不驚訝，天熱時他常待在那。他就像狗一樣，會在根部四周的涼爽土地裡挖洞。誰也猜不到法蘭克會帶什麼東西去那花叢下面。有一次他帶了本黃色書刊，還有一次他帶了一瓶烹飪用的雪莉酒。在他們投下原子彈那天，法蘭克帶了湯匙和玻璃廣口瓶。他把各種不同的蟲子舀進罐子裡，讓牠們打鬥。

鬥蟲真是好玩，我馬上就不哭了，將老頭子的事情忘得一乾二淨。我想不起來那天法蘭克鬥了哪些蟲子，但是我記得我們後來安排的那些對戰：一隻鍬形蟲對抗一百隻紅螞蟻、一隻蜈蚣對抗三隻蜘蛛、一群紅螞蟻對抗一群黑螞蟻。你得一直搖動罐子牠們才會打架。法蘭克就一直搖，一直搖。

過了不久，安琪拉跑來找我。她撥開花叢，說道：「終於找到你了！」她問法蘭克知道自己在幹麼嗎？法蘭克說：「做實驗。」每次有人問法蘭克他知不知道自己在幹麼時，他總是這

---

4 Tri-Delt：美國著名的姊妹會，創立於一八八八年。

麼說。他總是說：「做實驗。」

那時安琪拉二十二歲。從她十六歲開始，也就是母親過世、我出生那年，她就成了名副其實的一家之主。以前她常說她有三個孩子：我、法蘭克和父親。這麼說一點也不誇張。我還記得在那些寒冷的早晨，法蘭克、父親和我會在前廳排成一排，由安琪拉以完全相同的方式為我們打理全身。只不過我是要到幼稚園；法蘭克去國中；父親則是去研究原子彈。我記得有個早晨，油爐壞掉，水管凍住，車子也無法啟動。我們都坐在車內，安琪拉不停試著發動車子，直到電池耗盡。然後父親開口了。你知道他說什麼嗎？他說：「我對烏龜有些疑惑。」「你在疑惑什麼？」安琪拉問他。「牠們的頭縮進殼裡時，」他說：「脊椎到底是彎曲還是緊縮的？」

附帶一提，安琪拉是那顆原子彈的無名女英雄。我相信這件事沒人提過，或許你可以寫進書裡。在烏龜事件後，父親對烏龜大感興趣，甚至擱置了原子彈的研究工作。參與曼哈頓計畫的一些人終於來到家裡，問安琪拉該怎麼辦。她說只要拿走父親的烏龜就好。於是有一晚，他們進到他的實驗室，偷走烏龜和水族箱。父親對於烏龜失蹤一事沒說半字。隔天他乖乖回去工作，尋找能把玩和思考的東西，而那裡可以任他把玩和思考的每樣東西，都與原子彈有關。

安琪拉從花叢下抓出我後，她問我，父親和我之間到底發生了什麼事。我只是一再重複說他真的好醜，我真的好討厭他。結果她甩了我一巴掌。「你竟敢那樣說你父親！」她說：「他是有史以來最偉大的人物之一！今天他打贏了這場戰爭了！你明白嗎？他贏了這場戰爭！」她又甩了我一記耳光。

我不怪安琪拉甩我巴掌。父親是她的全部。她沒有半個男朋友。她根本連朋友都沒有。她只有一項嗜好：她會吹單簧管。

我繼續說討厭多父親，她又甩我一巴掌。這時法蘭克爬出花叢，朝她肚子揮拳。這拳好像打中她的某個東西，很痛。她倒在地上翻滾。等她終於喘過氣來，她痛哭失聲，高喊父親。

「他不會來的。」法蘭克說，大聲嘲笑她。法蘭克是對的。父親探出窗外，看到安琪拉和我在地上翻滾，又哭又叫，法蘭克則站在一旁大笑。老頭子又縮回頭，事後也從未問過我們究竟在吵些什麼。人類不是他的專長。

這樣可以嗎？對你的書可有幫助？當然啦，是你綁死我的，因為你要我釘在原子彈落下那天。關於原子彈和父親還有一堆有趣的軼事，不過是其他天的。比方說，你知不知道，他們在阿拉莫戈多首次測試原子彈那天，父親發生了什麼事？在那東西爆炸之後，也就是在美國確定它可以只用一顆炸彈就將一座城市掃平之後，一名科學家轉向父親說：「這下，科學知道什麼是罪惡了。」你知道父親怎麼說嗎？他說：「什麼是罪惡？」

祝一切順利

紐頓·霍尼克

# 7 尊貴的霍尼克家

紐頓在信末加了以下三個附記：

附記：我不能在信尾署名「你的兄弟」。他們不肯讓我加入你的兄弟會，我的成績不夠好。我本來就只是個準會員，現在他們連準會員的身分也不給我了。

又記：你在信中用「尊貴」一詞來形容我家，我想若是你在書中也這樣用，恐怕就要犯錯囉。比方說，我是個侏儒，大約只有四呎高。而我們上次聽到我哥法蘭克的消息時，他正被佛羅里達警方、聯邦調查局和財政部通緝，因為他將偷來的汽車裝在戰後剩餘的登陸艦上運往古巴。所以，我很確定你不該用「尊貴的」。「有名的」可能比較接近事實。

再記：過了二十四小時。我又讀了一遍這封信。我想可能有人會覺得，我是個什麼都不做，只會沉溺在悲傷回憶中自憐自艾的人。事實上，我知道自己是個非常幸運的人。最近我正打算和一個很好的小女孩結婚。只要肯仔細留意，你會發現這世上的愛足夠分給每個人。我就是最好的證明。

## 8 紐頓與琴卡之戀

紐頓沒告訴我他的女友是誰。不過在他寫完信後大約兩個禮拜，舉國上下都知道她叫「琴卡」——就兩個字，琴卡。顯然，她沒有姓氏。

琴卡是個烏克蘭侏儒，波左舞團的舞者。事情是這樣的，在紐頓到康乃爾之前，曾在印地安那波里斯看過該舞團的表演。然後，該舞團又在康乃爾演出。康乃爾的表演結束後，小紐頓帶著一打長莖的美國美人玫瑰[5]來到劇場門外。

然後小琴卡向美國尋求政治庇護，報紙開始報導這則故事。接著，小琴卡與小紐頓就雙雙失蹤。

一星期後，小琴卡在俄國大使館現身。她說美國人太物質主義。她說她想回家。

紐頓躲到他姊姊位於印地安那波里斯的家。他給了媒體一句簡短聲明。「這是個人隱私，」他說：「這是心靈之愛。我毫無遺憾。不管發生了什麼，都是我與琴卡的事，與旁人無

5 美國美人玫瑰：一種玫瑰品種的名稱，以鮮紅花色著稱。

關。」

一名積極搶新聞的駐莫斯科美國記者，向其他舞者打聽琴卡的事，揭露了一項殘忍事實：琴卡並非像她自稱的，只有二十三歲。

她已經四十二歲，夠當紐頓的媽了。

# 9 掌管火山的副總裁

我繼續懶懶散散地為我那本有關原爆日的書蒐集素材。

差不多過了一年，在聖誕節前兩天，另一個故事又將我帶回紐約州的伊連。菲利克斯·霍尼克博士的大部分研究都是在這裡完成；而小紐頓、法蘭克和安琪拉也是在這座城市度過他們的塑造期。

我在伊連停留，想看看能發現什麼。

霍尼克家已經沒人住在伊連了，但有很多人表示自己和那個老頭很熟，還有那三個特別的子女。

我約了艾沙·卜瑞博士，通用鑄鐵公司研究實驗部門的副總裁。卜瑞博士幾乎打從第一眼就不喜歡我，但我認為他也是我的卡拉斯成員之一。

「喜不喜歡並不重要。」布克農說。這是個很容易忘記的警語。

「據我所知，在霍尼克博士的工作生涯中，你一直是他的直屬上司。」我在電話裡對卜瑞博士說。

「只是名義上的。」他說。

「我不明白。」我說。

「如果我真是菲利克斯的頂頭上司，」他說：「那麼現在我就可以掌管火山、潮流，還有鳥類和旅鼠的遷徙了。那個人就像是一種自然力，誰也無法控制。」

# 10 特務X—九

卜瑞博士跟我約好隔天一早碰面。他說，他會在上班途中順道來飯店接我，這樣比較方便，不然我要進入重重守衛的研究實驗部門，可是有一堆手續。

所以，我得在伊連消磨一個晚上。我已經置身在伊連的夜生活中心「大普拉多飯店」，飯店的酒吧「鱈岬廳」是妓女流連之處。

好巧不巧（布克農會說：就像注定要發生。）在酒吧裡坐我旁邊的妓女和替我調酒的酒保，都和法蘭克林・霍尼克上同一所高中，就是那個折磨蟲子的傢伙、那個老二、那個失蹤的兒子。

那名妓女，她說她叫珊德拉，說可以提供我至高無上的享受，那可是只有巴黎皮加勒廣場和埃及賽德港才有的喔。我說沒興趣，她倒是挺看得開，她說她其實也不是那麼有興趣。不過辦完事後，我們發現彼此好像都有點低估自己的胃口，雖然差距不大就是了。

不過，在我們為彼此的激情秤斤量兩之前，我們談了法蘭克・霍尼克，談了那個老頭子，也聊了一點艾沙・卜瑞和通用鑄鐵公司，我們還談到教皇和生育計畫，談到希特勒和猶太人。我們講到騙子，講到真理。我們聊了流氓，聊了生意。我們還說到被送上電椅的窮好人，以及沒坐上電椅的有錢混蛋。我們談了性變態的衛教人士。我們談了一堆有的沒的。

我們喝醉了。

酒保對珊德拉非常好。他喜歡她。他尊敬她。他告訴我，珊德拉曾是伊連高中「班級顏色委員會」的主席。他解釋說，每個班級在一年級的時候都要挑選屬於該班的顏色，然後就可以非常驕傲地穿上那些顏色。

「你們挑了什麼顏色呢？」我問。

「橘和黑。」

「都是好顏色。」

「我也那麼想。」

「法蘭克林．霍尼克也在班級顏色委員會嗎？」

「他什麼也沒加入，」珊德拉輕蔑地說：「他從沒加入任何委員會，從沒參加過任何比賽，從沒和任何女孩約會。我不認為他曾和哪個女孩說過話。我們以前都叫他特務X－九。」

「X－九？」

「你知道嘛，他總是一副活像在兩個祕密地點來回穿梭的人一樣，不能和任何人講話。」

「說不定他真的有什麼非常祕密的生活。」我說。

「才怪。」

「才怪，」酒保冷笑說：「他只是那種一天到晚只會做模型飛機跟打手槍的小鬼頭。」

# 11 蛋白質

「他本來要在畢業典禮上發表演說的。」珊德拉說。

「誰？」我問。

「霍尼克博士。那個老頭呀。」

「他說了什麼？」

「他根本沒出現。」

「所以，你們的畢業典禮沒人演說？」

「噢，有啦，有一個。卜瑞博士，就是你明天要見的那位。他來了，上氣不接下氣的，淨說些冠冕堂皇的話。」

「他說了什麼？」

「他說希望我們當中可以有許多人投入科學界。」她說。她看不出這有什麼好笑。她記得有一段讓她印象深刻。她努力想忠實地複述出來。「他說，這世界的問題在於……」她得停下來想一下。

「這世界的問題在於，」她有點遲疑地說：「人們依然迷信，而不科學。他說如果每個人都能多研究一下科學，就不會有那麼多麻煩了。」

「他說，有一天科學終會發現生命的基本祕密。」酒保接口道，搔搔頭又皺皺眉，「我好像前幾天在報上讀到，他們終於發現生命的祕密是什麼了，對吧？」

「我沒看到。」我喃喃道。

「我看到了，」珊德拉說：「大概兩天前吧。」

「沒錯。」酒保說。

「那生命的祕密是什麼呢？」我問。

「我忘了。」珊德拉說。

「蛋白質，」酒保宣布道：「他們好像在蛋白質中發現了什麼。」

「對，」珊德拉說：「沒錯，就是蛋白質。」

# 12 世界末日之樂

一個年紀較大的酒保走過來，加入我們在大普拉多飯店鱈岬廳的談話。他聽說我正在寫一本有關原爆日的書，於是告訴我對他來說那是怎樣的一天；對我們此刻坐著的這間酒吧來說，那是怎樣的一天。他說話帶有費爾德[6]的招牌鼻音，鼻子好似一顆特大的草莓。

「當時這裡不叫鱈岬廳，」他說：「我們沒有這些魚網、貝殼啦。那時候，這裡叫做納瓦霍印地安帳篷。牆上掛的是印地安毛毯和乳牛頭骨。每張桌上都擺了印地安小手鼓。客人需要服務，敲鼓就行。他們想讓我戴上印地安羽毛戰帽，但我不肯。有一天，來了一個真正的納瓦霍印地安人，他跟我說，納瓦霍人才不住這種帳篷。『那真他媽的太可惜了。』我告訴他。更早之前，這裡是龐貝廳，放滿了半身石膏像。不過呢，不管他們怎麼叫這房間，這裡的燈光倒是從沒變過。來這的那些他媽的爛人從沒變過，外頭那些他媽的街景也一樣。他們把霍尼克那顆他媽的原子彈投到日本那天，一個流浪漢進來這裡，想要討杯酒喝。他要我請他喝一杯，因

6 費爾德（W. C. Fields，一八八〇—一九四六）：美國著名喜劇演員。

為世界末日就要到了。於是我為他調了一杯『世界末日之樂』。我在挖空的鳳梨裡倒進半品脫的薄荷奶酒，加上鮮奶油和一顆櫻桃。『拿去吧，你這婊子養的可憐蟲，』我對他說：『可別說我從沒為你做過什麼。』這時，另一個人進來了，說他要辭掉研究實驗部的工作。他說科學家的所有努力，到最後全都會變成武器。他說他再也不想幫助那些政客和那些該死的戰爭。他姓卜瑞。我問他，他和那個他媽的研究實驗部的主管是不是親戚。他說他媽的還真是。他說他是他該死的兒子。」

# 13 起跳點

噢，上帝，伊連真是個醜陋的城市！

「噢，上帝，」布克農說：「每座城市怎麼都如此醜陋！」

冰霰穿過一層靜止不動的厚重煙霧落了下來。現在是清晨。我坐在艾沙．卜瑞博士的林肯轎車裡。我有點茫茫然，還沒從前夜的宿醉中完全清醒。卜瑞博士開著車。他的車輪不斷卡進早已棄置不用的電車軌道。

卜瑞是個面色紅潤的老頭子，事業有成，衣著光鮮。彬彬有禮、樂觀、能幹、穩重。相形之下，我顯得沉不住氣、有病、憤世嫉俗。我和珊德拉共度了一晚。

我的靈魂和燒貓皮的煙一樣臭。

我只想著每個人的缺點，而偏偏我又知道艾沙．卜瑞博士一些見不得人的事。是珊德拉告訴我的。

珊德拉告訴我，伊連市每個人都知道卜瑞博士愛上菲利克斯．霍尼克的老婆。她告訴我，很多人都認為霍尼克家那三個孩子的父親全是卜瑞。

「你對伊連熟不熟？」卜瑞博士突然問我。

「這是我第一次造訪。」

「這是個居家城市。」

「您的意思是？」

「這裡沒什麼夜生活。每個人的日子差不多都以家庭為中心。」

「聽起來很健康。」

「的確。在我們這裡，少年犯罪很罕見。」

「很好。」

「你知道，伊連市有過一段很有趣的歷史。」

「聽起來很有意思。」

「你知道，這裡曾是個起跳點。」

「起跳點？」

「對那些想要移民西部的人。」

「噢。」

「以前人們常在這裡備妥裝備。」

「有意思。」

「現在研究實驗部的所在地，以前是座監獄。那裡也是舉行公開絞刑的地方，全郡的絞刑都在這裡舉行。」

「我不認為以前的犯罪下場會比現在好。」

「一七八二年，他們在這裡吊死了一個男人，他謀殺了二十六條人命。我常想，應該有個人來幫他寫本書才對。喬治・麥納・莫克利，他在絞刑台上唱了一首歌。是他為了那個場合寫的。」

「歌的內容說些什麼？」

「如果你真感興趣，可以在歷史協會那裡找到歌詞。」

「我只是想知道大概的內容。」

「他對一切毫無悔意。」

「有些人就是那樣。」

「想想看！」卜瑞博士說：「二十六個人壓著他的良心呀！」

「慌張的心。」我說。

# 14 當汽車有雕花玻璃瓶時

我沉甸甸的頭在僵硬的脖子上左搖右晃。卜瑞博士那輛光滑鮮麗的林肯轎車車輪又陷進電車軌道了。

我問卜瑞博士，有多少人趕著在八點前抵達通用鑄鐵公司，他告訴我有三萬人。

警察穿著黃色雨衣站在每個路口，用戴著白手套的手做出與交通號誌完全相反的指示。紅綠燈，像冰雨中過分豔麗的鬼，愚蠢而無謂地閃示著，一次又一次，指揮著汽車冰河該如何流動。綠燈行。紅燈停。黃燈表示改變和警覺。

卜瑞博士告訴我，霍尼克博士年輕的時候，有天早上竟然沒來由地將車子棄置在伊連市的車陣中。

「警方那邊，試著追查到底是什麼阻礙了交通，」他說：「結果發現菲利克斯的車子就那樣擋在路中間，引擎還在動，菸灰缸裡有一根點燃的雪茄，花瓶裡插著鮮花……」

「花瓶？」

「那是一輛馬蒙[7]車，跟火車頭差不多大。車門柱上有一個小小的雕花玻璃瓶，菲利克斯的太太每天早上都會將鮮花插進瓶裡。那輛車就這樣被丟在車陣中。」

「就像是瑪莉・莎莉絲特號[8]。」

「警方拖走車子。他們知道那是誰的車，他們打電話給菲利克斯，很有禮貌的告訴他該去哪裡開車回家。菲利克斯說，他們可以留下那輛車，他不要了。」

「他們真的把車留下來了？」

「沒。他們打電話給他太太，她來了，開走那輛馬蒙。」

「對了，她叫什麼名字？」

「愛蜜莉，」卜瑞博士舔舔唇，望向遠方，再次說出那女人的名字：「愛蜜莉。」那個死了很久的女人。

「你認為，如果我將馬蒙車的故事寫進書裡，會有人反對嗎？」我問。

「只要不寫結尾就沒問題。」

「結尾？」

「愛蜜莉不習慣開馬蒙車。她在回家途中出了車禍。傷了她的骨盆……」這時，車流停了下來。卜瑞博士閉上眼睛，雙手緊握方向盤。

「就是因為這樣，她才會在小紐頓出生時去世。」

---

7 馬蒙（Marmon）：美國二十世紀初期著名汽車廠牌。

8 瑪莉・莎莉絲特號（Marie Celeste）：在一八七二年被發現棄置海上，船上乘客神祕失蹤，下落不明。

# 15 聖誕快樂

通用鑄鐵公司的研究實驗部離該公司伊連廠的大門很近，和卜瑞博士停車的高級職員停車場約有一個街口之隔。

我問卜瑞博士，研究實驗部有多少人。「七百，」他說：「不過真正做研究的不到一百個。其他六百人都是某種管家，而我是大總管。」

當我們加入公司街道上的人流時，後方一位女士祝卜瑞博士聖誕快樂。卜瑞博士慈祥地回頭望著那片就跟沒包餡的派餅一樣乏味的人海，認出與他打招呼的是芬馨．裴柯小姐。裴柯小姐二十歲、空洞的漂亮、健康，一個無聊的正常人。

為了這甜美的聖誕佳節，卜瑞博士邀請裴柯小姐加入我們。他向我介紹她，說她是倪薩．何瓦茲博士的祕書。接著他告訴我何瓦茲是誰。「著名的界面化學家，」他說：「就是對膠捲做出驚人成就的那位。」

「界面化學有什麼新發展嗎？」我問裴柯小姐。

「老天，」她說：「別問我。我只是將他吩咐的東西打出來而已。」然後她為自己說了「老天」致歉。

「噢，我想妳知道的一定不只這些。」卜瑞博士說。

「我真的不知道。」裴柯小姐並不習慣和卜瑞博士這樣的大人物聊天，她感到困窘。她的步伐受到影響，變得僵硬而畏縮。她呆滯地笑著，拚命在腦子裡搜索可以談論的話題，但裡面除了用過的可麗舒面紙和假珠寶外，什麼也找不到。

「嗯……」卜瑞博士開朗地說：「妳加入我們多久了？將近一年了吧？還喜歡這裡嗎？」

「你們這些科學家想太多了。」裴柯小姐脫口而出，像個白痴一樣哈哈笑。卜瑞博士的友善引爆她神經系統裡的每一條引線。她已經語無倫次了。「你們全都想太多了。」

這時，一個氣喘吁吁、面容憔悴的胖女人，穿著骯髒的工作服、拖著腳步走在我們旁邊。她聽到裴柯小姐的話，轉過頭來打量卜瑞博士，用無奈而斥責的眼光看著他。她痛恨想太多的人。在那一刻，我覺得她幾乎足以代表全人類。

胖女人的表情似乎在說，如果有誰再多想一下，她一定會馬上瘋掉。

「我想妳會發現，」卜瑞博士說：「其實每個人的思考量都差不多。只不過科學家是用這種方式想事情，而其他人用的是另一種方式。」

「呃，」裴柯小姐清了清喉嚨，「我幫何瓦茲博士聽打，他講的東西在我聽來簡直就像外國話。我不認為我有聽懂，雖然我上過大學。而他講的那些東西，很可能會讓整個世界上下顛倒、裡外翻轉，就像原子彈。」

「以前放學回家時，我媽總會問我那天發生了什麼事，我就告訴她發生了什麼什麼。」裴柯小姐說：「現在，每次下班回家，她還是會問我同樣的問題，但我能回答的卻只是……」裴柯小姐搖搖頭，呆呆地蠕動她的鮮紅雙唇，「我不知道，我不知道，我不知道。」

「假如有什麼不懂的，」卜瑞博士鼓勵道：「請何瓦茲博士解釋一下。他很擅長解釋。」他轉向我。「以前霍尼克博士常說，凡是無法向八歲孩童解釋他在做什麼的科學家，全是江湖郎中。」

「那我真的比八歲小孩還笨，」裴柯小姐難過地說：「我甚至不知道江湖郎中是什麼意思。」

# 16 重回幼稚園

我們爬上研究實驗部前方的四級花崗岩台階。這是棟樸素的磚造建築，有六層樓。我們從入口處的兩名重裝警衛中間走過。

裴柯小姐向左邊的警衛出示她別在左胸上的粉紅色機密通行證。

卜瑞博士向右邊的警衛出示他別在衣領上的黑色最高機密通行證。然後，卜瑞博士禮貌性地伸出手，作勢要攬我的肩，但並沒真的攬我，他是在告訴警衛，我是處於他的保護和控制之下。

我朝其中一名警衛微笑。他面無表情。國家安全沒什麼好笑的，一點也沒。

卜瑞博士、裴柯小姐和我若有所思地穿過實驗部的大廳，來到電梯前面。

「偶爾可以請何瓦茲博士解釋一下，」卜瑞博士對裴柯小姐說：「說不定可以得到一個清楚的好答案。」

「那他得從小學一年級的程度解釋起……搞不好是幼稚園。」她說：「我漏掉太多東西了。」

「我們全都漏掉很多，」卜瑞博士附和道：「要是我們全都從頭再來一遍，最好是從幼稚園開始，我們全都會做得很好的。」

我們看著實驗部的接待員，啟動陳列在大廳牆上的許多教育性展示。接待員是個高高瘦瘦的女孩，蒼白而冰冷。她才輕輕一碰，我們就看到燈光閃爍、輪子轉動、燒瓶冒著水泡、鈴聲響個不停。

「簡直就是魔法！」裴柯小姐說。

「想不到身為實驗部的一員，竟會說出這麼落後又令人不悅的字眼。」卜瑞博士說：「這裡的每一項展示都有它的解釋和道理。設計這些展示，就是不想讓人們將科學神祕化。它們完全是魔法的對立面。」

「完全是魔法的什麼？」

「與魔法正好相反。」

「你無法向我證明這點。」

卜瑞博士看起來有點惱火。「呃，」他說：「我們不想搞神祕。這點妳至少應該相信我們。」

# 17 女孩班

卜瑞博士的祕書站在她的辦公桌上，就在他的辦公室外頭，在天花板綁上一個打了細褶緞帶的聖誕鈴鐺。

「聽著，娜歐蜜，」卜瑞博士喊道：「我們已經六個月沒發生死亡意外了！妳可別從桌上摔下來，壞了這個紀錄！」

娜歐蜜．佛斯特小姐是個快樂、乾癟的老太太。我猜，她大概替他做事做了一輩子，他的一輩子，還有她的一輩子。她笑說：「我可是金剛不壞之身。再說，就算我摔倒，聖誕天使也會接住我的。」

「祂們可是以漏接聞名。」

耶誕鈴舌下，掛了兩條同樣打著細褶的紙卷。佛斯特小姐拉動其中一條。那條紙卷有點心不甘情不願地伸展開來，變成一幅長長的橫幅，上面寫著標語。「抓著，」佛斯特小姐說，同時把尾端遞給卜瑞博士，「拉直它，然後釘到布告板上。」

卜瑞博士照辦，接著往後退，讀著橫幅上的標語。「世界得太平！」他發自真心地大聲念著。

佛斯特小姐拉著另一條紙卷，從桌上爬下來，將紙卷展開。上面寫著：人間持善意！

「我的老天，」卜瑞博士咯咯笑道：「他們將整個聖誕節都濃縮到這來了！這裡看起來很歡樂，節慶味十足啊。」

「我也沒忘了幫女孩班準備巧克力棒呢。」她說：「我很棒吧？」

卜瑞博士拍了拍額頭，為他的健忘感到沮喪。「謝天謝地！我真的忘了。」

「我們可千萬不能忘記，」佛斯特小姐說：「卜瑞博士在聖誕節時送女孩班巧克力棒，這已經是個傳統了。」她向我解釋，女孩班指的是實驗部地下室的打字小姐們。「那些女孩屬於任何一個可取得口述錄音機的人。」

她說，女孩班的小姐們，一年到頭不斷聽著科學家錄在口述錄音機裡的聲音，沒有臉的聲音，而錄音帶是由郵件小姐送來的。這些小姐們一年一次離開她們的水泥塊修院，去唱聖歌——去艾沙．卜瑞博士那裡領取巧克力棒。

「她們也為科學奉獻，」卜瑞博士宣證道：「雖說她們可能半個字也搞不懂。願上帝保佑她們，每一個！」

# 18 世界上最貴重的商品

當我們走進卜瑞博士的辦公室後，我試著整理思緒，好做段清醒的訪談。我發現自己的精神狀況並未改善。我開始向卜瑞博士詢問投下原子彈那天的事，然後，我發現大腦裡負責公共關係的那塊區域，已經被酒精和燒貓皮的味道悶得窒息了。我問的每個問題都像在含沙射影，都像在隱隱指責原子彈的創造者犯下了最可惡的謀殺罪行。

卜瑞博士先是十分震驚，然後變得萬分惱怒。他從我身邊走開，嘴裡咕噥著：「看來你不太喜歡科學家。」

「博士，我不這麼認為。」

「你提的所有問題，似乎都是希望我能承認，科學家全是無心無肺、沒有良知、思想狹隘的笨蛋，對於其他人類的命運毫不關心，或者說，他們根本就不是人類的一分子。」

「這麼說有點太強烈了。」

「這跟你打算寫進書裡的內容比起來，顯然還不夠強烈。我還以為你是想寫一本公平、客觀的菲利克斯．霍尼克傳記──這當然是一項有意義的工作，是青年作家在今天這個時代應該賦予自己的任務。結果不是。你到這裡來，是因為你對瘋狂科學家早有定見。你怎麼會有這種想法？是從那些滑稽的報紙看來的嗎？」

「是霍尼克博士的兒子告訴我的，他是我的資料來源之一。」

「哪一個兒子？」

「紐頓。」小紐頓的信在我身上，我掏出來給他看，「對了，紐頓到底有多矮？」

「不比雨傘架大。」卜瑞博士邊看紐頓的信邊皺眉說。

「另外兩個孩子都很正常嗎？」

「當然！很抱歉讓你失望了。不過科學家的孩子和其他人的孩子沒什麼兩樣。」

我使盡力氣安撫卜瑞博士，讓他相信，我是真的對霍尼克博士的真實生平感到興趣。「我到這裡來的唯一目的，就是分毫不差地將你口中的霍尼克博士記錄下來。紐頓的信只是個開端。不管你能告訴我什麼，我都會在兩者之間求取平衡。」

「我痛恨人們總是誤解科學家，誤解他們的所作所為。」

「我會盡量澄清人們的誤解。」

「在這個國家裡，大多數人甚至不知道什麼是純研究。」

「如果你肯告訴我那是什麼，我將感激不盡。」

「天可憐見，純研究跟尋找比較好的香菸濾紙、比較柔軟的面紙或持久性較長的油漆是兩碼事。每個人都把研究掛嘴上，可實際上這個國家幾乎沒人在做研究。我們是極少數真正聘請人員進行純研究的公司之一。當大部分公司在誇耀他們的研究成果時，他們指的是那些身穿白袍、看著食譜工作、夢想為下一年奧斯摩比汽車[9]改良擋風玻璃刷的工業技師。」

「那這裡是……？」

「這裡，還有國內極少數的其他地方，是出錢聘請人員來增加知識，除此之外別無目的。」

「通用鑄鐵公司真是太慷慨了。」

「沒什麼慷不慷慨的，新知識是世界上最貴重的商品。我們得到的真理越多，我們就越富有。」

假如當時我已經是個布克農教徒的話，他那番話肯定會讓我氣到大聲咆哮。

---

9 奧斯摩比汽車：美國通用汽車於十九世紀末推出的汽車廠牌。

# 19 不再有泥巴

「你是說，」我對卜瑞博士說：「在這個實驗部裡，沒有人會接到指令，吩咐他們該研究什麼嗎？甚至沒有人會建議他們該研究什麼嗎？」

「建議隨時都有，但是純研究人員不必去理會那些建議，那不是他們的本性。他們的腦袋裡裝滿自己的計畫，而那正是我們要的。」

「有沒有人試圖向霍尼克博士提出過建議？」

「當然。尤其是那些海軍上將和陸軍將領。他們奉他為某種魔法師，只要他一揮魔棒，就可以讓美國所向無敵。他們帶來各種瘋狂的計畫——現在依然如此。這些計畫的唯一錯誤在於，以我們目前的知識水平來看，根本就行不通。他們認為，像霍尼克博士這種等級的科學家，應該可以填平這些小空隙。我還記得，在菲利克斯去世之前不久，有個海軍陸戰隊的將軍一直纏著要他研究泥巴。」

「泥巴？」

「在泥巴裡打滾了將近兩百年後，海軍陸戰隊終於對泥巴感到噁心。」卜瑞博士說：「那位將軍是陸戰隊的發言人，他認為，既然科技不斷進步，就應該有辦法可以讓海軍陸戰隊不用在泥巴裡打仗。」

「將軍的意思是？」

「讓泥巴消失。不再有泥巴。」

「我想，」我推論道：「只要藉助好幾山的某種化學藥品，或好幾噸的某種機械力量，應該是可以辦到……」

「那位將軍想要的，是一顆小藥丸或一部小機器。海軍陸戰隊不僅對泥巴反胃，搬運笨重物品也讓他們想吐。他們想要換換口味，想要某種小東西。」

「霍尼克博士怎麼說呢？」

「菲利克斯用開玩笑的口吻說，他的口氣全是玩笑式的，或許只要一小粒東西，甚至是得用顯微鏡才看到的小微粒，就可以讓無限蔓延的泥巴、沼澤、濕地、溪流、水塘、流沙和泥沼，變得像這張辦公桌一樣硬。」

卜瑞博士用他那斑痕點點的老拳猛捶桌面。那是一張海洋綠的腎臟形狀不鏽鋼桌。「只要一名海軍陸戰隊員，就可以帶那東西去拯救困在沼澤裡的一整師武裝部隊。根據菲利克斯的說法，這東西小到可以塞進陸戰隊員的小指指縫。」

「不可能！」

「你會這麼說，我也會這麼說——事實上，每個人都會這麼說。但是對愛開玩笑的菲利克斯來說，那卻是完全有可能的。菲利克斯的神奇之處——我真心希望你能寫進書裡，就在於他總是能把舊謎題當成新挑戰，努力去破解。」

「我現在可以體會芬馨．裴柯的感覺了。」我說：「還有女孩班的那些小姐們。霍尼克博士絕對沒辦法向我解釋清楚，一顆能藏在指甲縫裡的小藥丸，如何能讓整片沼澤變得像你的桌子一樣硬。」

「我跟你說過，菲利克斯很會解釋……」

「就算這樣……」

「他就有辦法解釋給我聽，」卜瑞博士說：「而且我確信我也可以解釋給你聽。我們的謎題是，如何讓海軍陸戰隊離開泥巴，對吧？」

「對。」

「好，」卜瑞博士說：「仔細聽。我要開始說囉。」

# 20 冰—九

「有好幾種方法，」卜瑞博士向我說道：「可以讓某些液體結晶——凍結；有好幾種方法，可以讓液體的原子以整齊畫一的方式堆鎖在一起。」

這個雙手布滿斑點的老人，要我想想有哪些方法可以把砲彈堆在法院的草地上，或是將柳橙裝箱。

「原子晶化的原理也一樣。同一種物質的兩種不同結晶體，可能會有截然不同的物理屬性。」他告訴我，有家工廠一直在生產酒石酸乙二胺的大型結晶體。這種結晶體在某些製造過程中十分有用。但是有一天，那家工廠發現它生產的結晶體已不再具有原先的性質。它的原子開始以不同的方式堆鎖——也就是凍結。用來晶化的液體並未改變，但是它形成的結晶體，就工業應用而言，卻成了垃圾。

事情為什麼會變成這樣，沒人知道。不過，卜瑞博士用「一粒種子」來稱呼那個假設性的小壞蛋。他指的是那個導致不受歡迎的結晶模式的微粒。這粒只有老天知道它究竟打哪來的種子，教會原子們以一種全新的方法堆鎖、晶化、凍結。

「現在，回過頭來重新想想法院草地上的砲彈，或裝箱的柳橙。」他說，然後幫助我弄清楚砲彈或柳橙最底部的排列模式，會如何決定上一層的堆鎖方式。「最底層就是那粒種子，它會影響接下來每顆砲彈或每顆柳橙如何運作，甚至會影響到無限多的砲彈或柳橙。」

「現在，」卜瑞博士非常得意地笑了幾聲，「假設有好幾種方式可以讓水結晶或凍結。假設我們在上面溜的冰和丟進雞尾酒杯裡的冰，只是好幾種冰裡面的一種—我們可以稱它為冰—一。假設地球上的水總是會凍結成冰—一，因為從來沒有哪個種子教它如何形成冰—二、冰—三、冰—四……？假設，」他又用他那雙老手敲了一下桌子，「有一種形式，我們稱它為冰—九，這種晶體和這張桌子一樣硬。假設它的熔點是華氏一百度（約攝氏三十七點七度），或者更高一點，一百三十度。」

「好，到目前為止我都聽得懂。」我說。

辦公室外的低語打斷了卜瑞博士的話，像是預兆的響亮低語。那些聲音來自女孩班。

那些女孩正準備在辦公室外邊唱歌。

我和卜瑞博士一出現在門口，她們便唱了起來。大約一百個女孩組成一支合唱團，每個人都戴著一圈白色證券紙做的衣領，用迴紋針別著。她們的歌聲優美。

我真是嚇呆了，她們的歌聲讓我難過到心都要碎了。女人的甜美歌聲總教我感動，那是大多數女人都擁有卻鮮少使用的珍寶。

女孩們唱著：「喔，伯利恆小鎮。」接下來她們唱的這句，我想短期內我是不可能忘記的：「許多年來的希望和恐懼，今晚與我們同在。」

# 21 陸戰隊前進

老卜瑞博士在佛斯特小姐的幫助下，發給那些打字小姐聖誕巧克力棒，接著我們又回到他的辦公室。

在那裡，他對我說：「剛才我們說到哪裡？噢，對了！」那老頭要我想像美國海軍陸戰隊陷在一處被上帝遺棄的沼澤中。

「貨車、坦克、榴砲，全都動彈不得，」他說：「陷在發臭的沼氣和爛泥裡。」

他舉起一根手指，對我眨眨眼。「但是，年輕人，假設有個陸戰隊員身上帶了一小粒含有冰─九種子的膠囊，一種讓水原子堆鎖、凍結的新方式。如果那個陸戰隊員將這粒種子丟到最近的一灘汙泥中……？」

「那灘汙泥就會凍結？」我猜測道。

「還有汙泥四周的髒水？」

「也都會凍結嗎？」

「還有那凍結髒水裡的所有汙泥？」

「它們會凍結嗎？」

「還有凍結髒水裡的所有水坑和水流？」
「全都會凍結嗎？」
「你賭它們會！」他喊道：「然後美國陸戰隊就可以從沼澤裡爬出來，繼續前進了！」

# 22 黃色報刊成員

「真的有這種東西嗎？」我問。

「沒，沒，沒，沒。」卜瑞博士再次對我失去耐性，「我告訴你這些，只是要讓你了解，菲利克斯是如何用一種不可思議的全新方式，在看待一個舊問題。我剛才跟你說的，就是他說給那個纏著他研究泥巴的陸戰隊將軍聽的。

「菲利克斯每天都在這裡的自助餐廳吃飯，一個人。這已經成了慣例，誰都不會去坐他旁邊，免得打斷他的思維。但是那個陸戰隊將軍卻闖了進來，拉出一張椅子坐下，開始和他談泥巴。剛才我告訴你的，就是菲利克斯的隨口回答。」

「真的……真的沒有那樣的東西嗎？」

「我已經跟你說過沒有了嘛！」卜瑞博士氣惱地大叫：「在那之後不久，菲利克斯就死了！還有，如果你剛才專心聽我解釋什麼是純研究員，就不會問這個問題了！純研究員只研究他們著迷的東西，而不是別人著迷的東西。」

「我一直在想那個沼澤……」

「可以停了，別再多想！關於沼澤，我要講的都說完了。」

「如果流過沼澤的溪水也會凍結成冰—九，那麼溪水注入的湖泊和河流又會怎樣？」
「也會凍結呀。但是，根本沒有冰—九這種東西。」
「那麼凍結河流所流入的海洋呢？」
「當然也會凍結呀，」他厲聲道：「我看你現在就想立刻寫下冰—九這個聳動的故事賣錢對吧？我再告訴你一次，這東西並不存在！」
「還有流入凍結湖泊與溪流的泉水，以及所有匯流成泉的地下水？」
「那些也都會凍結，該死！」他吼道：「早知道你是那些黃色報刊[10]的成員，」他咬牙切齒地站起身來，「我才不會在你身上浪費半分鐘！」
「還有雨呢？」
「雨一落下，就會凍結成硬梆梆的冰—九小鞋釘——那就是世界末日到了！也就是這次談話結束的時候！再見！」

# 23 最後一爐布朗尼

卜瑞博士至少說錯了一件事：真的有冰—九這種東西。

而且冰—九真的在這世上。

冰—九是菲利克斯．霍尼克得到他的公正賞罰前，為人類所創造的最後一樣禮物。

他在無人知曉的情況下研究出來。他沒為這項研究留下任何紀錄。

沒錯，在創造的過程中需要精密的儀器，不過這些在研究實驗部裡一應俱全。霍尼克博士只要和實驗部的鄰居借點這個，要點那個，快活地打擾一下他的同事們，直到他烤好最後一爐布朗尼。當然那只是個比喻。

事實上，他做了一小片冰—九。藍白色的。熔點為華氏一百一十四點四度（約攝氏四十五點七度）。

菲利克斯．霍尼克把這片東西裝在小瓶子裡，然後放進口袋。接著他和三名子女去了鱈岬

10 黃色報刊：意指以醜聞或嘩眾取寵的新聞為賣點的媒體。

的木屋，打算在那裡歡度聖誕節。

那年安琪拉三十四歲，法蘭克二十四歲，小紐頓十八歲。

老頭子在聖誕夜過世，關於那片冰－九的事，只有他的孩子們知道。

他的孩子們平分了那片冰－九。

# 24 什麼是黃枇脫

這個故事讓我想起布克農教裡的黃枇脫觀念。

黃枇脫是卡拉斯的樞紐。布克農告訴我們，每個卡拉斯都有個黃枇脫，就像每個車輪都有根車軸。

任何東西都可能是黃枇脫：一棵樹、一塊岩石、一隻動物、一個概念、一本書、一段旋律、一只聖杯……無論它是什麼，它的卡拉斯成員都以螺旋星雲般的壯麗渾沌繞著它轉。卡拉斯成員繞著它們共同的黃枇脫旋轉，那是一種心靈的軌道，自然的軌道。旋轉的是靈魂，而非軀體。就像布克農邀我們同唱的：

我們轉啊，一圈一圈又一圈
腳如鉛，翼如錫……

布克農告訴我們，黃枇脫總是來來去去。

事實上，無論在任何時刻，每個卡拉斯都有兩個黃枇脫：一個重要性日漸盈滿，一個重要性日漸虧缺。

我幾乎可以肯定，當我在伊連和卜瑞博士談話時，我那個正達到盈滿狀態的黃枇脫，就是那個水的結晶體。那個藍白珍寶，那個稱之為冰—九的毀滅種子。

我在伊連和卜瑞博士談話的同時，安琪拉、法蘭克和紐頓．霍尼克各自擁有一份他們的冰—九種子，從他們老爸那粒種子裡長出來的那些種子。換句話說，老木頭的碎屑們，老爸的孩子們。

我相信，那三片小碎屑的下落和情況，正是我那個卡拉斯最關切的事。

# 25 霍尼克博士看重的事

差不多了，關於我那個卡拉斯的黃柮脫，暫且先講到這裡。

在我和通用鑄鐵公司研究實驗部的卜瑞博士那場不愉快的訪談之後，他將我交給佛斯特小姐。她得到的命令是送我出門。不過呢，我說服她先帶我去參觀已故霍尼克博士的實驗室。

途中，我問她和霍尼克博士熟不熟。她給了我坦率有趣的回答，附帶一抹活潑笑容。

「我不認為他可以跟誰很熟。我的意思是，大多數人說到他們跟某人很熟或不熟時，多半指的是那個人跟他們分享了多少祕密。他們談的是親密的事、家庭的事、愛情的事。」這位心地善良的老婦人對我說：「雖然霍尼克博士的生活中也擁有這一切，就像所有人一樣，可是那些事情對他而言都不重要。」

「那什麼才是重要的事呢？」我問她。

「卜瑞博士常告訴我，對霍尼克博士而言，最重要的事情是真相。」

「妳似乎不以為然。」

「我不知道我是否同意這個說法。我只是不明白，單是真相本身，怎能讓一個人得到滿足？」

佛斯特小姐成熟到可以加入布克農教了。

# 26 上帝是什麼

「妳和霍尼克博士談過話嗎？」我問佛斯特小姐。

「噢，當然。談過一堆呢。」

「妳記得任何談話內容？」

「有一次，他打賭說，我舉不出任何絕對真實的事。於是，我告訴他：『上帝就是愛。』」

「那他說了什麼？」

「他說：『上帝是什麼？愛是什麼？』」

「嗯。」

「但是你知道，上帝真的就是愛，」佛斯特小姐說：「無論霍尼克博士說了什麼。」

# 27 火星來的人

菲利克斯．霍尼克博士生前使用的實驗室在六樓，那棟建築的最頂層。一條紫色繩索橫過門口，牆上釘著一面銅板，說明這個房間的神聖地位：

在這個房間，菲利克斯．霍尼克博士，
諾貝爾物理學獎得主，
奉獻了他人生最後二十八年的歲月。
「他所立足之處，便是知識的疆界所在。」
此人在人類歷史上的重要性，
難以估量。

佛斯特小姐表示，她可以幫我取下那條紫色繩索，讓我進去實驗室，跟裡面那些管它是什麼的鬼魂們，做更親密的交流。

我接受她的提議。

「這裡就和他生前一樣，」她說：「只不過以前有張長桌上總是撒滿橡皮筋。」

「橡皮筋？」

「別問我那是幹麼用的。別問我這裡面的任何一樣東西是幹麼用的。」

那老頭留下的實驗室簡直是一團亂。我立刻就被數量驚人、散落一地的廉價玩具給吸引。一張骨架壞掉的紙風箏。一個玩具陀螺儀，纏好線，正準備轉個不停並保持平衡。一顆陀螺。一個吹泡泡器。還有一只小魚缸，養了一座城堡跟兩隻烏龜。

「他超愛廉價雜貨店。」佛斯特小姐說道。

「看得出來。」

「他那些著名的實驗裡頭，有不少就是用這些不值一塊錢的道具完成的。」

「省一分，賺一分。」

當然啦，實驗室裡也有數不清的傳統實驗器材，不過它們看起來更像是那些廉價玩具的無聊配件。

霍尼克博士的桌上堆滿了信件。

「我不認為他回過任何一封信。」佛斯特小姐若有所思地說：「如果想要回音，就得打電話或親自跑一趟。」

他桌上有一幅鑲框照片。照片背對著我，我決定猜猜那是誰的照片，「他夫人？」

「不是。」

「他的某個孩子？」

「不是。」

「他自己？」

「不是。」

於是我瞧了一眼。照片裡是簡陋的戰爭紀念碑，立在小鎮法院前方。紀念碑上有一塊牌子，上面刻了在各場戰爭中英勇捐軀的村人姓名，我以為那張照片八成是要拍那塊牌子。牌子上的名字很清楚，我期待在裡面找到霍尼克的家人。但是並沒有。

「這是他的嗜好之一。」佛斯特小姐說道。

「什麼？」

「他喜歡去不同的法院拍攝草坪上的砲彈排列方式。顯然，這張照片裡的排法很不尋常。」

「了解。」

「他不是個尋常人。」

「我同意。」

「也許再過一百萬年後，人人都能像他生前那樣聰明，都能用他的方法看事情。不過呢，和今天的一般人比起來，他簡直跟火星人一樣怪。」

「也許他真的是火星人。」我說道。

「如果真是那樣，或許就可以解釋，為什麼他的三個小孩會那麼奇怪。」

# 28 美乃滋

佛斯特小姐和我等待電梯上來載我們到一樓，她說，她希望上來的電梯不是第五號。我還沒來得及問她原因，第五號電梯就到了。

這台電梯的操作員是個矮小的老黑人，名叫賴曼．安德士．諾勒。賴曼是個瘋子，我幾乎可以肯定。雖然這樣說有點冒犯，但他真是瘋了，只要他覺得自己說中了什麼，就會抓著屁股大叫：「對，沒錯！」

「哈囉，我的人猿、蓮葉和明輪同胞們，」他對佛斯特小姐和我說：「對，沒錯！」

「一樓，謝謝。」佛斯特小姐冷冷地說。

諾勒只需讓門關上，然後按個鈕送我們到一樓就好，但他還不打算那麼做。也許，他會拖上好幾年才按下那個鈕。

「有人告訴我，」他說：「這裡的電梯都是馬雅式建築。我到今天才知道。於是我問他：『那我是什麼？美乃滋嗎？』對，沒錯！他還沒弄懂我在講什麼，我就丟了一個問題給他，這讓他挺起胸來，想得更努力了！對，沒錯！」

「諾勒先生，」佛斯特小姐央求道：「我們可以下樓嗎？」

「我對他說，」諾勒說：「這裡是研究實驗部。所謂研究（research），就是仔細再找一次事物，對吧？這表示他們正在尋找某個曾經發現的東西，卻不知道怎麼地搞丟了，所以得再找一次。他們為什麼要蓋這樣一棟大樓，有美乃滋電梯什麼的，還在房裡塞了一大堆瘋子？他們到底想重新找什麼？誰丟了什麼嗎？對，沒錯！」

「有意思，」佛斯特小姐嘆道：「現在，我們可以下樓了嗎？」

「我們當然只能下樓，」諾勒吼道：「這裡是頂樓。如果妳要我帶妳上樓，我可無法效勞。對，沒錯！」

「那麼我們就下樓吧，」佛斯特小姐說。

「馬上馬上。這位先生是來向霍尼克博士致敬的嗎？」

「是的，」我說：「你認識他嗎？」

「熟得很！」他說：「你知道他死的時候我說了什麼嗎？」

「不知道。」

「我說：霍尼克博士，他沒死。」

「哦？」

「他只是進入一個新次元而已。對，沒錯！」

他按了鈕，我們終於下樓了。

「你認識霍尼克家的三個孩子嗎？」我問他。

「得了狂犬病的孩子，」他說：「對，沒錯！」

# 29 消失，卻未遺忘

在伊連我還有一件事要做。我想幫那老頭子的墓碑照張照片。於是我回到旅館房間，發現珊德拉走了，我拿起相機，叫了輛計程車。

冰雨繼續落著，酸而灰。我想，在這樣的冰雨中替那老頭的墓地拍照，效果一定很好，說不定還可以拿來當《世界末日》的封面照呢。

來到墓園入口處，管理員指點我該如何找到霍尼克的墓。「你一定會看到的，」他說：「這裡就他的墓碑最大。」

他沒騙我。那座墓碑是根二十呎高、三呎厚的石膏陽具，上面覆滿冰霜。

「我的老天，」我叫出聲，拿著相機走下計程車，「拿這來紀念原子彈之父，像話嗎？」我笑說。

我問計程車司機介不介意站在墓碑旁邊，當我的比例尺。然後我請他稍微撥掉上面的冰霜，好看清碑上的名字。

他照做了。

我的媽啊！那塊墓碑上以六吋高的大小刻了兩個字：母親。

# 30 只是沉睡

「母親？」司機簡直難以置信。

我掃掉更多冰霜，然後發現這首詩：

母親，母親，我真心祈求

您每日護衛我們。

——安琪拉・霍尼克

這首詩下面還有另一首：

您並未死，

只是沉睡。

我們應該微笑，

停止哭泣。

——法蘭克林・霍尼克

然後在這首詩下面，嵌了一塊水泥，印著嬰兒的手掌。掌印下方刻了幾個字：

嬰兒紐頓。

「如果那是給老媽的，」計程車司機說：「這些該死的傢伙又會給他們老爸弄些什麼鬼名堂？」他胡亂猜了一些可能的墓碑長相。

我們在不遠處找到父親的墓地。他的紀念碑是邊長四十公分的大理石正方體。後來我發現，這是他在遺囑裡指定的樣式。

碑上面寫著：父親。

# 31 另一個卜瑞

我們離開墓園時，計程車司機突然擔心起他母親的墳墓狀況。他問我介不介意繞點路去看一下。

他母親的墓碑小得可憐，就是一塊小石頭上刻著他母親的名字——當然啦，這不是重點。

司機又問我是否介意再繞一點路，這回是要到墓園對街一間賣墓碑的店。

當時我還不是個布克農教徒，我答應了，但有點不高興。當然啦，身為布克農教徒，不管誰提議去任何地方，我都會欣然同意。就像布克農說的：「特別的旅程提議，是上帝指定的舞蹈課。」

那家賣墓碑的店，名叫「亞凡．卜瑞父子」。司機和店員談話時，我在一堆墓碑中間走來走去。空白的墓碑，到目前為止還沒什麼事可以紀念的墓碑。

在門市部裡，我發現一個行內人的小笑話：一個石頭天使上方垂掛著槲寄生。天使台座上堆滿杉樹枝，一條聖誕燈飾圍成的項鍊，懸在她的大理石脖子上。

「她賣多少錢？」我問店員。

「她是非賣品。有一百年囉。是我的曾祖父，亞凡．卜瑞，親手刻的。」

「這間店開那麼久了？」

「沒錯。」

「你也是卜瑞家的人嗎？」

「這間店的第四代。」

「你和研究實驗室的艾沙．卜瑞博士是親戚嗎？」

「他弟弟。」他說他的名字是馬文．卜瑞。

「世界真小。」我說。

「等你被擺進墓園時，那就真的挺小的。」馬文．卜瑞是個粗野、聰明、口齒伶俐又多愁善感的傢伙。

# 32 炸藥錢

「我剛從你哥的辦公室過來。我是個作家。我去訪問他霍尼克博士的事。」我對馬文・卜瑞說。

「那狗混帳真是個怪物。不是說我哥，我是說霍尼克。」

「他太太的墓碑是你賣給他的？」

「是我賣給他小孩的，與他完全無關。他根本沒想過要在他太太的墓上放什麼墓碑。後來，在她死了一年多後，霍家三個孩子來我這裡——那個高頭大馬的女兒、那個男孩和小嬰兒。他們想要買個最大的石碑，兩個大的還拿來他們寫的詩，說要刻在上面。」

「你可以嘲笑那塊石碑，」馬文・卜瑞說：「不過那東西帶給那些孩子的慰藉，卻是任何金錢都買不到的。他們以前常來掃墓，放點鮮花，次數多到數不清。」

「那東西一定很貴吧。」

「諾貝爾獎的獎金買的。那筆錢買了兩樣東西：鱈岬的木屋，和那塊墓碑。」

「炸藥錢。」想到炸藥的猛烈、墓碑的安詳和一棟夏季別墅，不禁讓我驚訝。

「什麼？」

「諾貝爾發明了炸藥。」

「呃，我想那有各種……」

如果那時我是布克農教徒，正在為炸藥錢和那家墓碑店之間的複雜關聯傷腦筋，我可能會竊竊說著：「忙，忙，忙，忙。」

「忙，忙，忙。」每當我們布克農教徒想到人生的複雜萬端與不可預知，就會這樣竊竊低語。

但那時我還是基督教徒，所以我說的是：「有時候，人生真的很可笑。」

「有時候卻一點也不。」馬文・卜瑞說。

# 33 不知感激的人

我問馬文・卜瑞認不認識愛蜜莉・霍尼克——菲利克斯的妻子，安琪拉、法蘭克、紐頓的母親，躺在那塊巨大墓碑下的女人。

「認識她？」他的聲音變得悲痛起來，「我認識她嗎，先生？我當然認識她。我認識愛蜜莉。我們一起念伊連高中。我們一起擔任班級顏色委員會的共同主席。她父親開了間伊連音樂店。那裡的每一種樂器她都會彈。我迷戀她迷戀到放棄足球，想要拉小提琴。然後我那個在麻省理工學院念書的大哥艾沙回家放春假，我犯了大錯，將我最好的女孩介紹給他認識。」馬文・卜瑞彈了一下手指。「他就那樣從我身邊帶走了她。我將那把七十五元買來的小提琴砸到床角的大銅球上，然後下去花店買了紙盒，他們用來裝一打玫瑰花的那種，塞入那把砸爛的小提琴，請西聯電報的小弟送去給她。」

「她很漂亮嗎？」

「漂亮？」他重複道：「先生，如果上帝願意派個女天使來給我看的話，會讓我張大嘴巴的將是她的翅膀，而非她的臉。因為我已經見過有史以來最美麗的臉了。當時伊連的男人沒有一個不愛她，只不過有些人是偷偷的愛。她可以得到任何她想要的男人。」他呸了口痰在他的地板上。「可她卻偏偏要嫁給那個小荷蘭雜種！她和我哥訂婚後，那卑鄙的小雜種來到城裡。」馬文．卜瑞再次彈了下手指，「他就那樣從我大哥手中搶走了她。」

「稱呼一個像菲利克斯．霍尼克這麼有名、而且還已經過世的人為雜種，應該是大逆不道、不知感激、無知落伍，又反知識吧。我也知道，他有多無辜、多溫和、多迷糊，我知道他連一隻蒼蠅都不忍打死，我也知道他有多不在乎金錢、權力、汽車、衣服什麼的，他不像我們其他人，他比我們其他人都要好，他天真無邪到簡直可以媲美耶穌——除了他不是上帝之子……」

馬文．卜瑞覺得沒必要再講下去。但我要求他繼續。

「可是那又怎樣？」他說：「又怎樣呢？」他走到一扇窗口前，眺望墓園大門。「又怎樣呢？」他對著大門低喃。在冰雨中，霍尼克家的墓碑隱約可見。

「可是，」他說：「可是一個會幫忙製造像原子彈這種鬼東西的人到底能有他媽的多天真無邪？當一個男人看著全世界最善良、最美麗的女人，他自己的妻子，因為缺乏愛和了解而奄奄一息，卻甚至什麼也懶得管時，他又算得上什麼善良的男人……」

他打了個冷顫。「有時我忍不住會想，他是不是一生下來就死了。我從沒見過像他那樣對生活毫不關心的人。有時我覺得，這就是這個世界的麻煩所在：太多位高權重的人都跟石頭一樣冰冷無情。」

# 34 分第

在那個墓碑門市部裡，我第一次體驗到「分第」。那是布克農教的用語，指的是某人突然對布克農教有了更深入的體會，相信我的一切都在上帝的掌握之中，相信上帝已經為我的人生擬定了詳盡的計畫。

那次分第和那尊站在槲寄生下的石頭天使有關。計程車司機固執地認定，他非得為他母親的墳墓買下那尊天使不可，不計任何代價。他淚眼汪汪地站在天使面前。

馬文・卜瑞仍然望著墓園大門，繼續說著菲利克斯・霍尼克：「該死！要是那個小荷蘭雜種做過哪件不是他想做的事，或有哪個他想要的東西他要不到的話，那麼他也許會是個現代聖人。」

「音樂。」他說。

「什麼？」我問。

「那是她嫁給他的原因。她說他的心靈無時無刻不播放著世間最偉大的音樂，屬於星星的音樂。」他搖搖頭，「真是見鬼了。」

然後，墓園大門讓他想起最後一次見到法蘭克・霍尼克的情形，那個愛玩模型、愛把蟲子裝進玻璃罐施虐的孩子。「法蘭克。」他說。

「他怎樣了？」

「我最後一次看到那可憐又怪異的孩子，是他走出墓園大門的時候。他父親的喪禮才進行到一半。老頭子還沒入土，法蘭克就走出大門了。他對著第一輛經過的車豎起姆指。那是一輛掛著佛羅里達車牌的龐迪亞克新車。車子停下。法蘭克上了車，從此再沒有任何人在伊連看過他。」

「我聽說他被警方通緝。」

「那是個意外，惡作劇。法蘭克根本不是什麼罪犯。他沒那膽量。他唯一擅長的就是做模型。唯一待過的工作是傑克模型店，賣模型，做模型，還有教別人怎麼做模型。他離開這裡去了佛羅里達後，在薩拉索塔的模型店找到工作。沒想到那間店原來是某個犯罪集團的前哨站，那個集團專門偷凱迪拉克轎車，直接用登陸艦送到古巴。那就是法蘭克捲進事件的經過。我猜想警方之所以沒找到他是因為他死了。他聽到太多祕密了，那時他和杜可．席曼就塞在密蘇里號戰艦的砲塔裡面。」

「紐頓現在在哪裡，你知道嗎？」

「我猜他在印地安那波里斯，他姊那裡。上回我聽到的消息是，他和那個俄國侏儒搞在一塊，結果康乃爾醫科預校的學業就被當掉了。你能想像一個侏儒想要當醫生嗎？偏偏在那悲慘的家裡，還有一個高頭大馬、超過六呎的笨女兒。那個以偉大心智聞名的男人，竟在那女孩高二時拉她回家，因為他需要一個女人來照顧他。她唯一約會過的對象，就只有她在伊連高中樂隊裡吹過的那根單簧管。」

「離開學校後，」卜瑞說：「沒人約她出去過。她沒任何朋友。那老頭子甚至從來沒想過要給她錢讓她出去走走。你知道她以前都做些什麼嗎？」

「不知道。」

「差不多每天晚上，她都把自己鎖在房間裡，放上唱片，再跟著唱片一起吹奏單簧管。在我看來，本世紀最偉大的奇蹟，就是那個女人竟能找到丈夫。」

「你要多少錢才肯賣這尊天使？」計程車司機問。

「我說過，這是非賣品。」

「這年頭想必已經沒人會做這種石雕了吧。」我說。

「我有個姪兒就會做，」卜瑞說：「就是艾沙的兒子。他本來很有希望成為最頂尖的研究科學家，可他們在廣島投下原子彈，那孩子不幹了。他喝得醉醺醺的，跑到這裡來，告訴我說他想刻石碑。」

「他現在在這裡工作？」

「他是個雕刻家了，在羅馬。」

「要是有人肯出很高的價錢，」計程車司機說：「你會賣吧？」

「說不定。但要很多錢才行。」

「這東西，你會把名字刻哪裡？」司機又問。

「上面已經刻了一個名字，在底座上。」底座旁邊繞了一堆樹枝，我們看不到那名字。

「從來沒人來拿嗎？」我很好奇。

「從沒人來付過錢。據說是這樣的：有個德國移民帶著他太太上西部拓荒，結果她染上天花死在伊連市。於是他訂了這尊天使，想放在她的墓地上，他還秀出現金給我曾祖父看，表示他付得起。但後來他遇到搶匪。不知道什麼人搶光了他的每一分錢。他在這世上唯一剩下的東西，就是在印地安那買的那塊地，他從沒見過那塊地。所以他繼續往西走，還說以後會回來付那尊天使的錢。」

「他沒回來嗎？」我問。

「沒。」馬文．卜瑞用腳趾稍微挪開樹枝，好讓我們看見刻在台座上的字。那裡刻了個姓氏。「這是個怪姓，」他說：「要是那個移民有任何後代，我猜他們八成美國化了那姓氏。他們現在可能改姓鍾斯、布雷克，或湯普森等等。」

「那你就錯了。」我低喃道。

那房間似乎有些傾斜，牆壁、天花板和地板突然變成許多隧道的入口——經由時間通往各個方向的隧道。我突然有了一個布克農式的靈視：歷史上的每一秒鐘，所有徘徊的男人、所有徘徊的女人、所有徘徊的孩童，全都團結在一起。

「那你就錯了。」在那靈視消失後，我說。

「你知道有誰姓這個？」

「沒錯。」

那正是我的姓氏。

# 35 模型店

回飯店途中，我瞧見傑克模型店，也就是法蘭克．霍尼克工作過的地方。我吩咐計程車司機停下來等我。

我走進店裡，發現傑克本人正管轄著他的小小消防車、火車、飛機、船、房子、街燈、樹、坦克車、火箭、汽車、行李搬運員、車掌、警察、消防隊員、媽咪、爹地、小貓、小狗、雞、士兵、鴨和牛。他是個面容枯槁、嚴肅、骯髒的傢伙，而且不停咳嗽。

「法蘭克林．霍尼克是個什麼樣的男孩呀？」他複誦著我的問題，一連咳了好幾聲。他搖搖頭，讓我知道他對法蘭克的喜愛超過任何人。「這問題我不必說話就可以回答你。我可以讓你看看法蘭克．霍尼克是個什麼樣的男孩。」他咳了幾聲。「你可以看看，」他說：「再自己判斷。」

於是他帶我走到這間店的地下室。他就住在那裡，有張雙人床、五斗櫃和暖爐。

傑克為他亂七八糟的床鋪說了聲抱歉。「我老婆一個禮拜前離開我，」他咳了一陣，「我正在努力讓生活恢復正常。」

然後他打開開關，地下室的另一頭立刻充滿刺眼亮光。

我們往光亮走去，發現那竟是陽光，照著一個建築於夾板上的奇幻小人國，一座有如堪薩斯小鎮般完美的長方形小島。任何疲累的靈魂，任何想在其綠色邊界之外尋找任何東西的靈魂，都會脫離這個世界的邊緣。

小人國的細節比例之精巧，還有構造、顏色都那麼鬼斧神工，讓我不由得瞇緊雙眼，幾乎相信這是個真實的國家：山丘、湖泊、河流、森林、城鎮，還有各種令人珍惜的自然風光。

小人國裡布滿宛如義大利麵條般的鐵軌。

「看看那些房屋的門。」傑克虔敬地說。

「做工真是精細！」

「門上不但有真正的門把，上面的扣環是真的可以敲喔。」

「我的天啊。」

「你問我法蘭克．霍尼克是個什麼樣的男孩，這就是他蓋的。」傑克哽咽了。

「全是他一個人蓋的？」

「噢，我有幫了一點忙，不過我只是根據他的計畫執行而已。那孩子是個天才。」

「確實沒話說。」

「你知道，他弟弟是個侏儒。」

「我知道。」

「下面有些士兵就是他做的。」

「看起來真的很真實。」

「那不容易，也不是在一夜之間做好的。」

「羅馬不是一天造成的。」

「你知道，那孩子沒有任何家庭生活。」

「我聽說了。」

「這裡才是他真正的家。他在這下面度過數千個小時。有時侯，他甚至也沒開動火車，就只是坐著觀看，就像我們現在這樣。」

「真的有很多東西可以看。這簡直就是一趟歐洲之旅。如果仔細一點，可以看到很多東西。」

「他可以看到你我看不到的東西。他會突然拆掉一座在我們看來無比真實的小山。而且他是對的。他把小山原來的位置改成湖泊，在湖上架設棧橋，然後這模型看起來就會比先前好上十倍。」

「這不是人人都有的天賦。」

「沒錯！」傑克興奮地說。這興奮又害他咳了一陣。好不容易咳完，換成眼裡的淚幾乎要奪眶而出。「聽著，我告訴那孩子，說他該上大學，去念個什麼工程科系，那樣他才能為『美國飛車』之類的大公司工作——真正的大公司，可以支持他完成所有構想的公司。」

「真希望我有那樣的公司，真希望我有。」傑克呻吟道：「我沒有資金。我盡可能提供他材料，可是這裡的這些東西，多半都是他在樓上替我工作賺錢買的。他的錢全花在這裡。他不喝酒、不抽菸、不看電影、不和女孩約會、也不玩車。」

「這個國家真是需要多一些這樣的人。」

傑克聳聳肩。「唉……我想佛羅里達的流氓已經做掉他了。怕他洩密。」

「我想也是。」

傑克突然崩潰，放聲大哭。「我常想，那些下流的雜種，」他啜泣道：「到底知不知道他們殺了一個什麼樣的人！」

# 36
# 喵

在我旅行伊連和附近地方的這段期間，也就是橫跨聖誕假期的這兩週，我把紐約市的公寓免費讓給一個名叫薛曼・柯雷伯的窮詩人住。我的第二任妻子離開我了，理由是我太悲觀，不適合和一個樂觀者共同生活。

柯雷伯留了一臉絡腮鬍，看起來像染了金髮的耶穌，配上如西班牙長耳狗的眼睛。他不是我的摯交哥們。我是在一個雞尾酒會上認識他，他自稱是「當前核子戰爭之詩人與畫家協會的全國主席」。他乞求給他個遮風避雨的地方，抵擋不了炸彈攻擊也無妨，而我正好有這樣的住所。

在我回公寓的路上，心裡仍想著伊連那尊還沒領走的石頭天使，推敲著裡面到底有著什麼樣的精神含意。然後，我發現我的公寓像是被無政府主義浪蕩子大肆蹂躪過一般。柯雷伯走了，但他在離開之前，打了大約三百美元的長途電話，將我的沙發燒破五個洞，殺死了我的貓和酪梨樹，還拆下醫藥櫃的門。

他用他的排泄物，在我廚房的黃色亞麻油氈地板上，寫下這首詩。

我有個廚房。
但不是完整的廚房。
我無法真正開心，
直到我擁有
一台垃圾處理機。

在我床鋪上方的壁紙上，還有一排用唇膏寫下的女性字跡。內容是：好色的母雞說：不，不，不。

在我死掉的貓咪脖子上，掛了一張小紙片。寫著：喵。

在那之後，我沒再見過柯雷伯。不過無論如何，我可以感覺到，他也是我的卡拉斯成員。如果他真的是，他肯定是個「鈴鈴」。根據布克農的說法，鈴鈴的職責是帶領人們離開胡思亂想的行列，鈴鈴必須以身作則，搞得那行列越荒謬越好。

本來，我很可能會糊里糊塗的將那尊石頭天使當成沒意義的東西，然後把全世界都當成沒意義的東西。但是，在我見識過柯雷伯的所作所為之後——尤其是見識過他對待我那隻寶貝貓的手段之後，我確定無政府主義顯然不大適合我。

有某個人或某個東西不希望我變成無政府主義者。柯雷伯自己或許不清楚，但是他的任務就是要解除我對那個哲學的迷思。幹得不錯，柯雷伯先生，幹得好。

# 37 現代少將

然後，有一天，某個星期天，我發現那個司法逃犯、那個模型製造者、那個像耶和華和魔王一樣在廣口瓶裡決定飛蟲命運的人在哪裡，那個法蘭克·霍尼克在哪裡。

他沒死！

這消息披露在紐約《週日時報》的特刊上。那份特刊是香蕉共和國服飾的付費廣告。封面是一個我這輩子最渴望看到的令人心碎的美女側面。

在那女孩後方，好幾輛挖土機正在撞倒棕櫚樹，好蓋出一條寬闊大道。在那條路的盡頭，有三幢新建築的鋼筋骨架。

聖羅倫佐共和國。封面上的文字印著：不斷前進！一個健康、快樂、進步、愛好自由、美麗的國家，對美國的投資者和觀光客充滿致命吸引力。

我不急著翻閱內容。光是封面女郎就讓我夠滿足了——不只滿足而已，我第一眼就愛上她了。她非常年輕、非常嚴肅，溫暖悲憫又富有智慧。

她的棕色皮膚如巧克力。她的金色頭髮如亞麻。

封面上寫著，她的名字叫孟娜·艾夢·孟札諾。她是那個島國獨裁者領養的女兒。

我打開附刊，希望能看到更多這位混血美女的照片。

但我看到的卻是島國獨裁者的照片——邁吉爾「爸爸」．孟札諾，一隻年近八十的大猩猩。

「爸爸」的照片旁邊，是一張窄肩、瘦臉、不成熟的年輕人照片。他穿著雪白軍服，上面別著鑲了珠寶、光芒四射狀的圓形別針。他的兩眼靠得很近，有黑眼圈。他顯然很習慣叫理髮師將他的頭髮兩邊和後側全剃掉，只留下頂蓋。他留著像金屬線一樣硬梆梆的龐巴度髮型，看起來像用頭髮做成的立方體，有捲度，高聳到不可思議的程度。

根據說明，這個毫不吸引人的孩子是法蘭克．霍尼克少將，聖羅倫佐共和國科學進步部部長。

二十六歲。

# 38 世界梭魚之都

我從紐約《週日時報》的附刊上得知，聖羅倫佐共和國長五十哩、寬二十哩。約有四百名人口，卻有五萬顆靈魂——熱情地為這個自由世界的理想而獻身。境內的最高點，馬卡比山，海拔一萬一千呎。其首都玻利瓦——是個亮眼的現代化港都，足以庇護全美國的海軍。主要出口物為糖、咖啡、香蕉、染料和手工製品。熱愛釣魚者視聖羅倫佐為無與倫比的世界梭魚之都。

我很好奇，高中都沒念完的法蘭克．霍尼克，是怎麼得到這麼炫的職位。我在一篇有關聖羅倫佐的文章中找到了一些答案，文章的署名是「爸爸」孟札諾。

「爸爸」說，法蘭克是「聖羅倫佐總體計畫」的建築師。該計畫包括新道路、鄉村電氣化、下水道處理廠、飯店、醫院、診所、鐵路……等工作。還有，雖然文章很短而且經過編輯濃縮，但「爸爸」在裡面還是提了五次，說法蘭克是——菲利克斯．霍尼克博士的親兒子。

這句話散發著濃烈的食人者氣息。

「爸爸」顯然覺得，法蘭克是那老頭子魔肉中的一塊。

# 39 天命摩根[11]

附刊的另一篇文章又透露了一些線索。這篇過於華麗的文章名為「聖羅倫佐對美國人的意義」。雖然署名為法蘭克·霍尼克少將，但幾乎可以肯定是別人代為捉刀。

文章中，法蘭克談到他如何在加勒比海一艘幾乎沉沒的六十八呎遊艇上獨自生活的經驗。他並未解釋自己為何會在那艘船上或為何單獨一人，倒是提到他是從古巴出發的。

豪華遊艇不斷下沉，我那沒意義的人生也跟著一起淹沒。

文章這麼寫著：

整整四天，我只吃了兩片餅乾和一隻海鷗。食人鯊的背鰭在我四周的溫暖海水中滑行，針

11 天命摩根：原文為 Fata Morgana，引申為「海市蜃樓」之意。此處因為有語源上的關聯，故採直譯。

齒狀的梭魚更是令海水為之沸騰。

我睜大眼睛看著造物主，願意接受他的所有安排。突然，我的雙眼發亮，我看見雲層上有一座壯麗山峰。難道是天命摩根？一種殘酷騙人的幻象？

看到這裡，我先去查了什麼是天命摩根，才知道這種幻象是源自住在湖底的精靈摩根（Morgan le Fay）。這精靈最常在墨西拿海峽中現身，海峽介於卡拉布里亞和西西里島之間。簡單說，天命摩根就是個充滿詩意的鬼扯。

法蘭克在那艘半沉遊艇上看到的，並非殘酷的天命摩根，而是馬卡比山。溫柔的海接著輕輕將他的遊艇推上了聖羅倫佐的礁石岩岸，彷彿一切就是上帝的旨意。

法蘭克上了岸，腳上的鞋子還是乾的，他問旁人這是哪裡。文章裡隻字未提，但事實上，那個小混蛋身上有一小片冰—九，放在保溫瓶內。

法蘭克因為沒有護照，被關進了首都玻利瓦市的監獄。「爸爸」孟札諾到那裡去看他，想知道法蘭克會不會剛好就是那位不朽的菲利克斯．霍尼克博士的血親。

我承認我是。法蘭克在那篇文章中說：從那一刻開始，聖羅倫佐上每一扇通往機會的大門都對我敞了開來。

# 40 希望與慈悲之家

好巧不巧——布克農會說：「就像注定要發生一樣」，剛好有家雜誌社找我去聖羅倫佐寫篇報導。這篇報導的主角不是「爸爸」孟札諾或法蘭克，而是朱利安．卡索，美國糖業鉅子，他在四十歲的時候效法史懷哲醫生，在叢林中建了一所免費醫院，將他的生命奉獻給另一個種族的窮人。

卡索的醫院叫做「叢林希望與慈悲之家」。這片叢林就在聖羅倫佐，位於馬卡比山北坡的野生咖啡樹之間。

我搭機飛往聖羅倫佐時，朱利安．卡索六十歲了。

他已經度過二十年無私奉獻的生活。

在他滿心自私的那段日子，小報讀者對他的熟悉程度，就跟湯米．曼維爾、阿道夫．希特勒、班尼托．墨索里尼和芭芭拉．休頓不相上下。那時，他的名氣是來自荒淫無度、酗酒、瘋狂駕車和逃兵。他有一種燦爛耀眼的本事，可以隨便花個數百萬去做些除了懊悔之外，對人類儲物櫃毫無進帳的事。

他結過五次婚，只生下一個兒子。

這個兒子叫菲利．卡索，是我打算投宿飯店的經理兼老闆。飯店叫「孟娜之家」，名字來自孟娜．艾夢．孟札諾，也就是紐約《週日時報》附刊封面上的金髮黑皮膚美女。孟娜之家是棟全新的建築，就是附刊上孟娜照片背景中那三棟新建築之一。

我不認為是命運的海浪將我推向聖羅倫佐，我感覺是愛在驅策這件事。我的天命摩根，那個海市蜃樓般的幻象，就是被孟娜．艾夢．孟札諾愛上的滋味，這想法變成一股巨大的動力，推動著我那無意義的生命。我想像著，她能帶給我的快樂，將遠遠超過先前的任何女人。

# 41 雙人卡拉斯

由邁阿密飛往聖羅倫佐的飛機，是左右兩排各三個座位。好巧不巧「就像注定要發生一樣」，坐我旁邊的兩位乘客正是美國駐聖羅倫佐共和國的新任大使：霍爾．明頓和他的太太，可蕾。他們滿頭白髮，溫和，虛弱。

明頓告訴我他是職業外交官，第一次擁有「大使」頭銜。他說到目前為止，他和妻子先後到過玻利維亞、智利、日本、法國、捷克斯洛伐克、埃及、南非聯邦、賴比瑞亞和巴基斯坦任職。

他們是一對愛情鳥，沒完沒了地用各種小禮物取悅彼此：機窗外值得一看的景色、書報雜誌中的有趣文字或啟示、對於往日時光的零星回憶。我想，他們就是布克農雙拉斯的最佳典範，只由兩人組成的卡拉斯。

「一個真正的雙拉斯，」布克農告訴我們：「不可能受到任何干擾，即便是這樣一個組合所生下的子女。」

因此，我將明頓夫婦排除在我的卡拉斯、法蘭克的卡拉斯、紐頓的卡拉斯、艾沙．卜瑞的卡拉斯、安琪拉的卡拉斯、賴曼．安德士．勒諾的卡拉斯和薛曼．柯雷布的卡拉斯之外。明頓夫婦的卡拉斯很小，只有兩個成員。

「我想你一定很高興吧。」我對明頓說。

「高興什麼呢？」

「高興你擁有大使的頭銜呀。」

明頓與他太太滿心憐憫的對望著，從那表情，我知道我說了一句蠢話。不過他們不想拂我的意。「是的，」明頓皺著眉說：「我很高興。」他勉強笑了一下。「我深感榮幸。」

一路上無論我提什麼話題，情況大致都是這樣。我無法讓大使夫婦倆打開話匣子。例如：「我想你們一定會說很多國的語言吧？」我說。

「噢，我倆都會的大概六七種吧，」明頓說。

「那一定很棒。」

「什麼？」

「可以在很多不同國家和別人交談啊。」

「是很棒。」明頓空洞地應道。

「很棒。」他太太說。

然後，他們又回頭閱讀那疊厚厚的打字稿，就攤在他們座位中間的扶手上。

不久，我又開口說：「請教一下，你們去過那麼多地方，是不是覺得每個地方的人其實心裡想的都差不多？」

「啥？」明頓問。

「你們是不是覺得人心其實都差不多，不管是哪裡人？」

他看看他太太，確定她也聽到這個問題之後，轉過頭來對我說：「差不多一樣，不管在哪裡。」他同意。

「嗯。」我說。

布克農曾經告訴我們，只是順帶一提啦，雙拉斯的成員若有一人去世，另一個也會在一週內死掉。明頓夫婦是在同一秒鐘一起離開這個世界。

# 42 給阿富汗的自行車

那班客機後端有個小酒吧，我前往喝一杯。我在那裡碰到了其他美國人：來自伊利諾州伊文斯頓的洛威．柯羅和他太太，海柔。

他們五十多歲，塊頭都很大，說話都帶著鼻音。柯羅告訴我他在芝加哥有一間自行車工廠，他的員工全是些忘恩負義的傢伙。他打算遷移事業到懂得感恩圖報的聖羅倫佐。

「你對聖羅倫佐很熟嗎？」我問。

「這是我第一次去。不過就我所聽到的消息，每件事我都很喜歡。」洛威．柯羅說：「他們很有紀律。值得長期信賴。他們的政府不會鼓勵人民變成別人聽都沒聽過的渾球。」

「你的意思是？」

「老天，在芝加哥我們根本不製造自行車了。現在大家只關心人際關係。那些蛋頭們成天坐在那裡，想些有的沒的新方法，想讓每個人都快樂。沒人會被開除，不管他做了什麼。假如有哪個人不小心做了一輛自行車，工會就會指控我們虐待員工、不符合人道精神；政府就會以補稅之名徵收那部自行車，送去給阿富汗的瞎子騎。」

「你覺得，聖羅倫佐的情況會比較好嗎？」

「我知道一定會。那裡的人窮得要命、怕得要命、又無知得要命，連一點常識也沒有！」

柯羅問我怎麼稱呼，是做哪一行的。我對他說了。他太太海柔知道我的姓氏來自印地安那州。她也是印地安那人。

「我的天，」她說：「你是胡希佬[12]嗎？」

我承認我是。

「我也是胡希佬，」她聒噪地說：「胡希佬沒什麼好丟臉的。」

「我不覺得丟臉，」我說：「我認識的人也都不覺得。」

「胡希佬很有出息。洛威和我環遊世界兩次，不管走到哪裡，都有胡希佬掌管一切。」

「真是令人欣慰。」

「你認識伊斯坦堡那間新飯店的經理嗎？」

「不認識。」

「他就是胡希佬。還有在東京的那個不知道什麼官……」

「外交武官。」他丈夫補充道。

「他也是胡希佬，」海柔說：「還有南斯拉夫新任大使……」

12 胡希佬：外地人對印地安那州當地居民的戲稱。

「也是胡希佬？」我問。

「不只他，還有好萊塢的《生活》雜誌編輯也是。還有智利的那個人……」

「也是胡希佬？」

「無論走到何處，都有胡希佬的蹤跡就對了，」她說。

《賓漢》的作者也是胡希佬。」

「還有詹姆斯．威康．賴利[13]。」

「你也是印地安那人嗎？」我問她丈夫。

「不是。我是草原州人。他們說的『林肯之地』。」

「其實，」海柔得意洋洋地說：「林肯也是印地安那人呀。他是在史班塞郡長大的。」

「當然。」我說。

「我不知道胡希佬到底是什麼，」海柔說：「但他們肯定有自己的一套。要是有人可以列出名單來，一定很驚人。」

「的確。」我說。

她用力抓住我的臂膀。「我們胡希佬一定要團結起來。」

「對。」

「你叫我『媽』吧。」

「什麼？」

「每次我碰見年輕的胡希佬，我就會跟他說：『你叫我媽吧。』」
「嗯。」
「叫一聲來聽聽。」她慫恿道。
「媽？」
她露出微笑，放開我的胳臂。就好像某個鐘表裝置走完了一圈。我喊海柔的那聲「媽」，就是個終結點，這下，海柔又重新上緊發條，等待下一個胡希佬出現。
海柔對於世界各地胡希佬的偏執，就是假卡拉斯的最佳範例。所謂的假卡拉斯，指的是一種看似真實的小組，但是就上帝的行事方法看來，其實是毫無意義的一種組合，布克農稱它為「格倫福隆」。其他格倫福隆還包括共產黨、美國革命女兒會、奇異電子公司、國際怪腳總會——以及任何國家，任何時間，任何地點。
就像布克農邀我們與他同唱的：

如果你想研究格倫福隆，
只要除掉玩具汽球的皮即可。

---

13 詹姆斯・威康・賴利（James Whitcomb Riley, 1849—1916）：美國印地安那州詩人，以懷舊詩聞名，有「平民詩人」之稱。

# 43 示範者

洛威．柯羅認為，獨裁政權常常是件很好的事。他人不壞，也不傻。他適合以某種粗俗下流的嘻笑怒罵去面對世界，只不過，他所說的那些有關人類毫無紀律的故事，很多不只是好笑，還真實無比。

人活在這世上，到底是要來做什麼的？對於這個問題，他的理性和幽默感給了他很大的影響。

他堅信，人活在世上就是為了替他製造自行車。

「我只希望，聖羅倫佐真能像你聽說的那樣。」我說。

「我只要和一個人談過，就可以知道聖羅倫佐到底好不好。」他說：「在『爸爸』孟札諾對那個小島的一切立下保證之後，一切就敲定了。事情就是那樣，事情就會那樣。」

「我最喜歡的一點，」海柔說：「是他們都說英語，而且都是基督徒。如此一來事情就好辦多了。」

「你知道他們怎麼處理犯罪事宜嗎？」柯羅問我。

「不知道。」

「他們根本不讓犯罪發生。『爸爸』孟札諾讓人民打從心底厭惡犯罪，只要想到就覺得噁心。我聽說，你可以把皮夾擺在人行道中央，一個星期之後皮夾還會在原地，裡面的東西一樣不缺。」

「嗯。」

「你知道偷東西的懲罰是什麼嗎？」

「不知道。」

「鐵勾。」他說：「沒有罰款、沒有保釋、沒有坐三十天牢。就是鐵勾。偷竊、謀殺、縱火、叛國、強暴，還有偷窺狂，全都用鐵勾。只要觸犯一條法律──不管是哪條該死的法律，便是鐵勾伺候。每個人都了解這點，所以聖羅倫佐是全世界最守規矩的國家。」

「鐵勾是什麼？」

「他們設置絞刑台，懂吧？兩根木柱，中間架上一根橫梁，再掛上巨大的鐵魚勾。接著，他們帶來某個笨到去犯法的人，將鐵勾尖端從他的肚子刺進去、從背後穿出來，再鬆手放開──就讓他掛在那裡，老天，這該死的可憐違法者。」

「我的天啊！」

「我不是說那樣很好，」柯羅說：「但也不是說那樣不好。有時我會想，那樣的懲罰是不是可以扼止青少年犯罪問題？或許對民主政治而言，鐵勾是太極端了些。當眾吊死還差不多。將那些青少年偷車賊吊死在自家前面的路燈上，脖子上還要掛著：『媽，這是你兒子』的告示牌。只要這樣做上幾次，我想點火開關鎖就可以丟到後車座和腳踏板上了。」

「我們在倫敦蠟像館地下室裡看過那東西。」海柔說。

「什麼東西？」我問她。

「鐵勾呀。就在地下室的恐怖室裡，他們在鐵勾上吊了蠟人，看起來很像真的，害我差點吐了。」

「哈利．杜魯門看起來一點也不像哈利．杜魯門。」柯羅說。

「你說什麼？」

「在蠟像館裡，」柯羅說：「杜魯門的蠟像不夠逼真。」

「不過很多都很逼真。」海柔說。

「掛在鐵勾上的那個人有名字嗎？」我問她。

「我想沒有吧。只不過是隨便一名示範者。」

「只是一名示範者？」我問。

「對呀。那件作品前面有一層黑色天鵝絨布幕，必須拉開布幕才看得到。布幕上還別了告示，說兒童不宜。」

「但兒童還是照看不誤。」柯羅說：「那下面有很多小孩，他們全看了。」

「那樣的告示對小孩根本沒用。」海柔說。

「小孩們看到鐵勾上掛了個人，有什麼反應？」我問。

「噢，」海柔說：「他們的反應和大人沒兩樣。他們就是看著，什麼話也沒說，然後又去看下一樣展示。」

「下一樣展示是什麼呢？」

「一張把一個人電焦的鐵椅。」柯羅說：「他是因謀殺親生兒子被電焦的。」

「只不過，他們在電死他之後，」海柔淡然地回憶道：「才發現他根本沒有謀殺自己的孩子。」

# 44 共產主義的支持者

當我再次回到可蕾和霍爾．明頓這對雙拉斯旁邊的座位時，我對他們有了新的認識，這是柯羅夫婦告訴我的。

柯羅夫婦並不認識明頓，但他們耳聞過他的名聲。他們很氣政府派他擔任大使。他們告訴我說，明頓曾被外交部開除過，因為他對共產主義態度軟弱，但後來有些共產黨蠢蛋又讓他復職了。

「後面那個小酒吧挺不賴的。」我回座後對明頓說。

「什麼？」他和他太太還在閱讀攤在他倆中間的稿件。

「我說後面的酒吧挺不錯的。」

「很好。我很高興。」

他倆繼續閱讀，顯然不想和我交談。然後，明頓突然轉向我，帶著一絲苦笑問說：「那個人到底是誰？」

「哪個人？」

「和你在酒吧談話的人。我們剛才想到那裡去喝點東西，走到外面時，聽到你和一個男人正在說話。那人的聲音很大，他說我是共產主義的支持者。」

「他是個自行車製造商，名叫洛威．柯羅。」我說，感覺自己的臉已經紅了。

「我是因為悲觀主義被開除的，與共產主義無關。」

「是我害他被革職的。」他太太說：「真正不利於他的唯一證據，就是我從巴基斯坦寫了一封信給《紐約時報》。」

「信上寫了什麼呢？」

「寫了很多。」她說：「因為我對於美國人無法想像人生的各種可能性，並引以為榮，感到很氣惱。」

「原來如此。」

「可是他們在忠誠審查會中卻不斷以同一個句子攻擊我。」明頓嘆道，引述其妻寫給《紐約時報》的一個句子：「美國人永遠都在不可能之處尋找虛幻的愛。這必然與已經消失的邊境有關。」

# 45 美國人何以被憎恨

可蕾．明頓寫給《紐約時報》的信是在麥卡錫參議員最得勢的時期刊載出來的，因此在該信刊出十二個小時後，她丈夫就被炒魷魚了。

「那封信有什麼不對嗎？」我問。

「最不可原諒的叛國形式，」明頓說：「就是說美國人沒受到愛戴，不管他們走到哪裡，不管他們做了什麼。可蕾想要強調的是，美國的外交政策應該認清恨意，而不是沉醉在想像的愛戴之中。」

「我猜想，美國人一定在很多地方都受人憎惡。」

「人類在許多地方都受到憎恨。可蕾在信中指出，美國人被憎恨，只是因為身為人類的原罪，但他們卻愚蠢到自以為可以置身事外。可是忠誠審查會對此卻不予理會。他們只知道可蕾和我都覺得美國人不受敬愛。」

「呃，很高興這件事有個快樂的結局。」

「什麼？」明頓問。

「最後終於沒事了。」我說：「這下子，你不正就在往你的大使寶座邁進嗎。」

明頓和他太太又交換了一次悲憫的雙拉斯眼神。然後明頓對我說：「是啊。彩虹盡頭的那盆金子是我們的。」

# 46 布克農教處理凱撒的方法

我和明頓夫婦談到法蘭克林．霍尼克的法律問題。畢竟，法蘭克不只是「爸爸」孟札諾政府的高官，也是美國司法的逃犯。

「那都過去了，」明頓說：「他不再是美國公民，而且現在似乎頗有一番作為，所以整件事就此作罷。」

「他放棄公民身分了嗎？」

「任何對其他國家效忠、加入外國武裝部隊或接受外國政府任用的人，都會自動失去公民身分。仔細讀一下你的護照吧。像法蘭克那樣在報紙上胡謅一段滑稽國際羅曼史的人，山姆大叔是不會繼續當他的母雞老媽的。」

「他在聖羅倫佐受人愛戴嗎？」

明頓雙手掂了掂他和他太太先前閱讀的稿件。「我還不知道。照這本書看來，似乎不盡然。」

「那是什麼書？」

「唯一一本關於聖羅倫佐的學術論著。」

「勉強算是學術論著。」可蕾補充道。

「勉強算是。」明頓重複道：「書還沒出版。這是五份影印稿當中的一份。」他遞給我稿子，隨我翻閱。

我翻開第一頁，發現書名是《聖羅倫佐：土地、歷史和人民》。作者為菲利・卡索，朱利安・卡索之子，也就是我要去找的那個偉大利他主義者經營飯店的兒子。

我隨手翻開書稿。結果攤開的那一章，便是關於該島的非法聖人，布克農。

在我眼前的這一頁，引述了《布克農之書》的句子。那些字句從書頁上彈起來，跳進我心中，它們在那裡受到極大歡迎。

那些字句原本是耶穌說過的一句話：「凱撒的應該歸給凱撒。」

布克農改寫成：

別管凱撒。凱撒對於真實情況一無所知。

# 47 緊張力

我全神貫注地讀著菲利・卡索的書，飛機在波多黎各聖胡安市暫停十分鐘，我的頭抬都沒抬一下。就連坐在後面的某人以驚訝的語氣低聲說有個侏儒上了飛機時，我也不曾抬頭觀望。

過了一會，我才四下張望想要尋找那個侏儒，卻看不到他。我倒是看到，在海柔和洛威・柯羅前方坐了一個淡金色頭髮的馬臉女人。她是剛剛才上機的。她旁邊的座位看似無人，卻可能坐著我甚至連他的頭也看不到的侏儒。

但是，當時令我著迷的是聖羅倫佐——那塊土地、歷史和人民，所以我沒再費心尋找侏儒。人終究只在無聊的時候才會去注意侏儒，而當時，我對布克農所謂的「緊張力」理論，也就是善惡之間的無價平衡，感到無比認真與興奮。

初次在菲利・卡索的書中看到「緊張力」一詞時，我不屑地大笑。根據菲利・卡索所言，這是布克農愛用的一個名詞，而我自認為知道一件布克農不知道的事：那個詞曾被一間名為查爾斯・阿特拉斯的健身器材郵購公司濫用。

我繼續往下讀，很快的，我知道布克農非常清楚誰是查爾斯・阿特拉斯。事實上，布克農曾經是查爾斯・阿特拉斯健身學校的校友。

查爾斯・阿特拉斯相信，不需要啞鈴或彈簧運動器材也可鍛鍊肌肉，只要讓一具肌肉和另一具彼此對抗就可以。

布克農相信，想要建造美好的社會，只要讓善良的社會與邪惡的社會彼此拉鋸對抗，並隨持保持在高度的緊張狀態即可。

在菲利・卡索的著作中，我第一次讀到布克農教的詩，也就是所謂的「卡莉普索」。詩文如下：

「爸爸」孟札諾，真是很糟糕，
但若沒有壞「爸爸」，我會很懊惱；
少了「爸爸」的壞，
請你告訴我，
又該如何彰顯
邪惡老布克農的好？

# 48 就像聖奧古斯汀

我從菲利．卡索的書中得知，布克農是個黑人，一八九一年生於托巴哥島，出生時是聖公會基督教徒和大英帝國的臣民。

他的教名為李奧．鮑伊．強森。

他是家中六個孩子的老么，家境富裕。他家的財富來自布克農的祖父，他發現海盜埋下的一筆財寶，價值約二十五萬美元，據說那批寶藏原屬於黑鬍子海盜愛德華．提須。

布克農家族用黑鬍子的寶藏投資瀝青、椰子油、可可、牲畜和家禽。

小李奧．鮑伊．強森在聖公會學校接受教育，成績出色，對宗教儀式最感興趣。青少年時，他最熱中宗教組織的外在標誌，但似乎也喜愛飲酒狂歡。因為他在〈第十四卡普莉索〉中邀我們與他同唱：

當我年輕時，
我極快樂也卑賤，
鎮日痛飲追逐女孩，

就像年輕的聖奧古斯汀。
聖奧古斯汀，
後來成為聖徒。
所以，如果我也成為聖徒，
母親，請您別昏倒。

# 49 怒海拋出了一隻魚

李奧・鮑伊・強森有很高的求知欲。一九一一年，他單獨駕駛一艘名為「女士拖鞋號」的單桅帆船，從托巴哥[14]航行到倫敦。他的目的是要去求取高等教育。

他進入倫敦政經學院就讀。

他的教育因第一次世界大戰中斷。他被徵召加入步兵隊，戰績彪炳，在戰場上屢膺重任，四次出現在新聞稿中。在第二次伊普里斯會戰中，他受到毒氣攻擊，入院兩年後退伍出院。

他又一個人駕著「女士拖鞋號」返回故鄉托巴哥。

當他距離家鄉僅剩八十哩時，被一艘名為「U－99」的德國潛水艇攔截搜查。他進了監獄，小船則被德國軍當成射擊練習靶。然而出乎意料的是，那艘潛水艇都還沒來得及潛進水裡，就被英國的驅逐艦「渡鴉號」給逮到。

強森和德國人都被帶上驅逐艦，U－99沉了。

「渡鴉號」的目的地是地中海，卻從未抵達。由於掌舵失控，驅逐艦只能無助地浮動或繞著大圈子。最後終於在維德角[15]群島停了下來。

強森在那些島上待了八個月，等待某種交通工具出現，載他回西半球。

最後他找到一份工作，在一艘載運非法移民前往麻州新貝德福的漁船上當船員。那艘船後來在羅德島的新港附近被吹上岸。

當時，強森逐漸發展出一種信念，認為一定是冥冥當中有某種力量，為了某種原因送他去那裡。因此他在新港待了一陣子，看看他的命運是否會在那裡發生改變。他在著名的藍佛莊園當園丁兼木匠。

在那段時間裡，他瞧到藍佛莊園的許多傑出賓客，包括：J．P．摩根、約翰．潘興將軍、富蘭克林．羅斯福、安利柯．卡羅素、華倫．哈定和哈利．胡迪尼。也是在那段期間，第一次世界大戰結束，造成一千萬人死亡、兩千萬人受傷——包括強森在內。

大戰結束後，藍佛家的年輕浪子雷明頓．藍佛四世，提議要開著他的汽艇「雪赫拉札號」環遊世界，去西班牙、法國、義大利、希臘、埃及、印度、中國和日本。他邀強森擔任他的大副，強森同意了。

在這趟航程中，強森見識到許多世界奇景。

「雪赫拉札號」在孟買港的濃霧裡被另一艘船撞毀，只有強森一人生還。他在印度一待就

14 托巴哥：位於中美洲加勒比海南部、緊鄰委瑞內拉外海的島國。一九六二年與千里達共組為千里達及托巴哥共和國，並於一九七六年成為大英國協會員。

15 維德角：位於非洲西岸的大西洋島國。

是兩年，成為甘地的追隨者。稍後，他因帶領群眾臥軌抗議英國統治遭到逮捕。服刑期滿後，被英國政府遣送回托巴哥的家鄉。

他在那裡又造了艘雙桅帆船，取名為「女士拖鞋號二世」。他駕駛這艘帆船環繞加勒比海，像個毫無目的的漫遊者，繼續等待著某個暴風雨，帶他前往他命中注定抵達的海岸。

一九二二年，為了躲避颶風，他躲到當時美國海軍陸戰隊管轄的海地島王子港。在那裡，強森遇到一個聰明、自學出身、又充滿理想性的陸戰隊逃兵——厄爾·馬卡比。馬卡比是個下士。他剛偷了同伴們的娛樂基金。他付給強森五百元，要強森載他到邁阿密。

就這樣，兩人一起航向邁阿密。

但是一陣強風將這艘帆船吹到聖羅倫佐的礁石上。船沉了。強森和馬卡比一絲不掛地游到岸上。布克農是這樣報導那次探險的：

怒海拋出了
一隻魚，
我在陸地上喘息，
我變成了我。

赤身裸體登上一座不知名的島嶼，這其中的奧祕令他著迷。他決定探險到底，決心看看像他這樣赤身裸體從鹹水中爬出來的人，究竟可以走多遠。

那是他的重生：

聖經說，
要像個嬰兒，
所以直到今日，
我仍像個嬰兒。

他為什麼會用「布克農」這個名字，理由很簡單。強森這個姓，用這座島上的英文方言念出來，就是「布克農」。

聖羅倫佐的方言易懂難寫。我說它易懂，純粹是我個人的意見，其他人都覺得那跟庇里牛斯山區的巴斯克語一樣難懂。所以說，我可以了解這個語言，可能是我有心電感應。

菲利・卡索在他的書裡示範當地的方言該如何發音，而且很能抓住神韻。他所選擇的樣本，是聖羅倫佐版的〈小星星〉。

在美式英文中，這首不朽詩歌的其中一個版本如下：

一閃一閃亮晶晶，
天上一顆小星星，
掛在天邊放光明，
好像夜空一茶盤，
一閃一閃亮晶晶，
天上一顆小星星。

根據卡索的說法，在聖羅倫佐的方言中，這同一首詩歌變成了這樣：

一索一索弄溹溹，
天聳一扣守西西，
掛走天比佛戈米，
好頌訝孔一臭皮，
一索一索弄溹溹，
天聳一扣守西西。

附帶一提，強森成為布克農不久之後，有人在岸上找到他那艘撞碎帆船的救生艇。救生艇後來漆成金色，變成該島行政首長的床。

布克農編了一個傳說。

菲利・卡索在書中寫道：

當世界末日快來臨時，那艘金色小艇將會再次航行。

## 50 好侏儒

我繼續讀著布克農的一生，但洛威．柯羅的太太，海柔打斷了我。她站在我旁邊的走道上。「你一定不敢相信，」她說：「但我剛剛在這班飛機上又發現兩個胡希佬。」

「太讓人吃驚了。」

「他們並不是土生土長的胡希佬，不過他們現在住在那裡。他們住在印地安那波里斯市。」

「很有意思。」

「你想見見他們嗎？」

「你覺得我該見他們嗎？」

這問題讓她有點困惑。「他們是你的胡希佬同鄉呀。」

「他們叫什麼名字？」

「女生姓康那，男生姓霍尼克。他們是姊弟，而且那弟弟是侏儒。不過，他是個好侏儒呢！」她眨眨眼。「他是個聰明的小傢伙。」

「他也叫你媽媽？」

「我差點就要跟他開口，但是忍住了，我怕叫侏儒這麼做太不禮貌。」

「真是胡說八道。」

# 51 好的，媽

於是我走向機身後方去找安琪拉·霍尼克·康那和小紐頓·霍尼克——我的卡拉斯成員。安琪拉便是我先前注意到的那個馬臉、淡金色頭髮的女人。

紐頓果然是個很矮小的年輕人，雖然並不太畸型。他看起來像置身於巨人國的格列佛，同樣精明幹練、隨時保持警覺。

他拿著一杯香檳，香檳的價錢含在機票裡，不須另付。那杯子握在他手中，看來就像正常人抱著魚缸，但他優雅自在地啜飲著，彷彿他和那只酒杯是最佳絕配。

那個小混蛋有一小片冰—九晶體放在他皮箱的保溫瓶裡。他那可憐的姊姊也一樣。而在我們下方，就是上帝所擁有的大量海水，加勒比海。

海柔介紹我們這幾個胡希佬認識，當她在這過程中得到足夠樂趣後，她便讓我們獨處。在她離開之前，她說：「別忘了，從現在起，叫我媽。」

「好的，媽。」我說。

「好的，媽。」紐頓說。他的聲音很高，與他的小喉頭挺相襯。但他仍盡力使聲音聽起來男性化一些。

安琪拉堅持把紐頓當小嬰兒般照顧，關於這點，紐頓以一種友善而優雅的態度原諒了她。我幾乎不敢相信，在這麼小的人身上也會有這樣的態度。

紐頓和安琪拉記得我，記得我寫的那些信，並邀請我在他們旁邊的空位坐下。

安琪拉首先為了未曾回信致歉。

「我想不出有什麼故事可能會讓讀者感興趣。我本來可以編一些出來，但我想你不會要那個。事實上，那天和平常沒什麼兩樣。」

「你弟弟倒是回了我一封很好的信。」

安琪拉很驚訝。「紐頓回了信？他怎麼可能記得什麼呢？」她轉向他，「寶貝，你不記得那天的任何事吧？你才不過是個小嬰孩呀。」

「我記得。」他平淡地說。

「但願我看了你的信。」這句話暗示著，她覺得紐頓還沒有成熟到足以和外界接觸。安琪拉實在是個遲鈍透頂的女人，竟然完全不明白「小」這件事對紐頓的意義。

「寶貝，你當初應該先讓我看過那封回信的。」她責備道。

「抱歉，」紐頓說：「我沒想到。」

「我告訴你吧，」安琪拉對我說：「卜瑞博士對我說，我不該與你合作。他說你並不是真心想要公平地描述我父親。」她讓我知道，她並不喜歡我這麼做。

我安慰她說，反正這本書可能永遠寫不出來，況且主旨到底是什麼，我自己都有點糊塗了。

「呃，如果你真想寫這本書，你最好把父親寫成聖人，因為他真的是個聖人。」

我答應她，我會盡最大努力描繪出這一面。我問她和紐頓是否要到聖羅倫佐和法蘭克重逢。

「法蘭克要結婚了，」安琪拉說：「我們要去參加他的訂婚宴。」

「噢？誰是那個幸運的女孩呢？」

「我拿給你看。」安琪拉說著，從皮包裡掏出皮夾，裡面有一組塑膠保護套。每個保護套裡都有一張照片。安琪拉翻著照片給我看，鱈岬沙灘上的小紐頓、接受諾貝爾獎的菲利克斯・霍尼克博士、安琪拉自己的兩個相貌平凡的雙胞胎女兒、正在操控有線模型飛機的法蘭克。

然後她拿出將與法蘭克成婚的女孩照片讓我瞧。

看到照片的那一刻，她彷彿是對著我的胯下狠踢了一記。

她讓我看的照片，就是我所愛的女人——孟娜・艾夢・孟札諾。

# 52 沒有痛苦

安琪拉只要一打開她的塑膠封套，一定得讓對方看過每張照片才甘心。

「這些都是我所愛的人。」她宣稱。

因此我便看了她所愛的人。她封在塑膠套裡的，就像封在琥珀的甲蟲化石那樣被她封住的，正是我們這個卡拉斯裡大多數成員的影像。這個集合裡面沒有任何一個格倫福隆。

裡面有很多照片是霍尼克博士——原子彈之父、三個孩子之父、冰—九之父。他的個子很小，卻是一個侏儒和一個女巨人傳說中的父親。

在安琪拉的化石收藏中，我最喜歡的一張，是那老頭因冬天而全身包得死緊，穿著大衣、圍巾、高統橡皮套鞋，和一頂端有著毛球的毛線帽。

「你父親是在醫院裡去世的嗎？」

「喔，不是的！他在我們的木屋過世，在面海的白色柳條椅上。那時，紐頓和法蘭克頂著大雪在沙灘上散步……」

「那是場很溫暖的雪。」紐頓說：「很像在繽紛的柳橙落花中散步。很奇怪。別的木屋都沒人住……」

「只有我們的木屋開了暖氣。」安琪拉說。

「數哩之內都沒有別人，」紐頓回想道：「法蘭克和我在沙灘上碰到這隻大黑狗，一隻拉布拉多獵犬。我們將棍子丟到海裡，讓牠咬回來。」

「我到村子裡去買聖誕燈泡，」安琪拉說：「我們向來有布置聖誕樹的習慣。」

「你父親生前喜歡聖誕樹嗎？」

「他沒說過。」紐頓說。

「我想他喜歡，」安琪拉說：「他不是個善於表達的人。有些人天生就不是。」

「有些人就是。」紐頓說。他微微聳了聳肩。

「總之，」安琪拉說：「當我們回到家時，發現他在椅子上。」她搖搖頭。「我想他並未受苦，他看起來像是睡著了。要是他受了什麼苦，哪怕只有一丁點，看起來都不會是那樣。」

這故事有一個有趣的部分她沒提。她沒提及的，就是在那個聖誕夜裡，她、法蘭克和紐頓將老頭留下的冰－九給平分了。

# 53 非布科技總裁

安琪拉催我繼續看照片。

「那就是我，如果你相信的話。」她秀給我看的，是一個身高六呎的少女。在照片上，她握著單簧管，身穿伊連高中的樂隊制服。她的頭髮塞進樂隊隊員的帽子裡。她臉上有一抹羞怯而愉快的笑容。

然後，安琪拉，這個上帝未賦與她任何吸引男人之處的女人，讓我看她丈夫的照片。

「這就是哈里森．康那啊。」我很錯愕。她丈夫是非常英俊的男人，而且看起來他對這點非常有自覺。他的衣著英挺瀟灑，還有唐璜般慵懶而令人著迷的眼神。

「他──他是做什麼的？」我問她。

「他是非布科技的總裁。」

「電子業？」

「就算我知道，我也不能告訴你。那是非常機密的政府工作。」

「武器嗎？」

「呃，跟戰爭有關吧。」

「你怎麼認識他的？」

「他當過父親的實驗室助理。」安琪拉說：「後來去印地安那波里斯，開創了非布科技。」

「你嫁給他，是愛情長跑的快樂結局嗎？」

「不是的。我本來甚至不曉得他知道有我這麼一個人存在。以前我就覺得他很親切，可是他從未注意過我，直到父親死後。」

「有一天，他到伊連市來。那時，我整天坐在那棟大房子裡，想著我這一生已經結束……」她談到她父親剛死時那段難過可怕的日子，「只有我和小紐頓在那幢老房子裡。法蘭克失蹤了，家裡鬼影幢幢，發出我和紐頓十倍以上的噪音。我一輩子都在照顧父親，開車接送他上下班，天冷時為他穿衣服，天熱了為他脫衣服，照料他用餐，為他支付賬單。突然間，我再也沒事可做。我沒有任何親近的朋友，除了紐頓之外找不到任何人可以談天。」

「然後，」她接續道：「有人敲門了——站在門外的是哈里森．康那。我從未見過比他更俊美的人。他進來了。我們談著父親的最後幾日和往日時光。」

安琪拉泫然欲泣。

「兩個星期後，我們結婚了。」

# 54 共產黨、納粹黨、保皇黨、傘兵和逃兵

我回到自己的座位，心情沉重許多，因為我把孟娜・艾夢・孟札諾輸給法蘭克了。我繼續看菲利・卡索的稿子。

我在索引裡尋找「孟札諾・孟娜・艾夢」，但我只查到「艾夢，孟娜」。於是我檢索「艾夢，孟娜」，發現它所佔的頁數幾乎和「爸爸」孟札諾本人一樣多。在「艾夢，孟娜」這個詞條下面，是「艾夢，奈脫」。於是，我翻到有奈脫的那幾頁，得知他是孟娜的父親，芬蘭人，是個建築師。

奈脫・艾夢在第二次世界大戰遭到俄國人俘虜，隨後由德國人釋放。但是他的釋放者並未讓他回家，而是強迫他擔任德國軍隊的工程師，之後又被派去對抗南斯拉夫游擊隊。他先被保皇派的塞爾維亞游擊隊逮捕，又被攻擊保皇派的共產黨游擊隊逮捕。接著義大利傘兵突擊共產黨，將他釋放，用船送到義大利。

義大利人放他到西西里去設計要塞。他在西西里偷了漁船，開到中立的葡萄牙境內。在那裡，他碰見一名美國逃兵——朱利安・卡索。

卡索在得知艾夢是建築師後，邀他一起前往聖羅倫佐島，為他設計一所名為「叢林的希望

與慈悲之家」的醫院。

艾夢接受了。他設計完醫院，迎娶一位名為茜莉亞的當地女子，與她生下一個完美的女兒之後，便去世了。

# 55 絕對不要為自己的書編索引

至於「艾夢，孟娜」的一生，索引所描繪出來的，是一幅紛亂且超現實的圖像，記錄了她所承受的許多衝突勢力和她的驚恐反應。

索引上寫著：

艾夢，孟娜。孟札諾為了提高自己的聲譽而收養她，頁一九四—一九九，注二一六；在希望與慈悲之家的童年，頁六三—八一；與菲利．卡索的童年情史，頁七二；父死，頁八九以下數頁；母死，頁九二及次頁；因成為全國的愛欲象徵而困窘，頁八〇、九五及次頁、注一一六六、頁二〇九、注二四七、頁四〇〇—四〇六、注五六六、頁六七八；與菲利．卡索訂婚，頁一九三；天真本性，頁六七—七一、頁八〇、頁九五及次頁、注一一六、頁二〇九、注二七四、頁四〇〇—四〇六、注五六六、頁六七八；與布克農同居，頁九二—九八、頁一九六—一九七；有關她的詩，注二、頁二六、頁一一四、頁一一九、頁三一一、頁三一六、注四七七、頁五〇一、頁五〇七、注五五五、頁六八九、頁七一八以下數頁、頁七九九以下數頁、注八〇〇、頁八四一、頁八四六以下數頁、注九〇八、頁九七一、頁九七四；她所寫之詩，頁八

九、頁九二、頁一九三；回到孟札諾身邊，頁一九九；回到布克農身邊，頁一九七；逃離布克農，頁一九九；逃離孟札諾，頁一九七；試圖讓自己變醜好不再成為島人的愛欲象徵，頁八〇、頁九五及次頁、注一一六、頁二〇九、頁四〇〇—四〇六、注五六六、頁六七八；接受布克農的指導，頁六三—八〇；寫信給聯合國，頁二〇〇；木琴大師，頁七一。

我讓明頓夫婦看這則索引詞條，問他們是否也覺得，光這索引本身就是一部令人著迷的傳記，一個不甘願的愛神傳記。就像人生總是充滿意外一樣，我得到了意料之外的專業回答。原來可蕾．明頓年輕時是個專業的索引編寫員。以前我從未聽過這門職業。

她告訴我，她以索引編寫員的薪資供她丈夫念完大學。當時她的薪資頗高，因為沒有幾個人可以將索引編寫得當。

她說，只有最不專業的作者會為自己的書編索引。我問她對菲利．卡索做的索引有何看法。

「作者沾沾自喜，讀者深受其辱。」她以專業但友善的口吻說：「簡單講，就是自以為是。每次我看到作者自己編寫的索引時，總是覺得很困窘。」

「困窘？」

「作者自己編製的索引，可說是一種暴露。」她說，「以我受過訓練的眼光來看，那是一種無恥的展示。」

「她可以從索引看出作者的個性。」他丈夫說。
「噢？」我問：「那妳認為菲利・卡索是個怎樣的人？」
她微微一笑。「我最好別對陌生人亂說。」
「抱歉。」
「他顯然愛著孟娜・艾夢・孟札諾。」她說。
「我想聖羅倫佐的每個男人都是吧。」
「他對他父親的感情很矛盾。」她說。
「這地球上的每個男人都是吧。」我輕輕地激了她一下。
「他沒安全感。」
「哪個活人不是這樣？」我反問。當時，我並不知道這種反問很合乎布克農教的風格。
「他絕不會娶她。」
「為什麼？」
「我想說的，都說了。」她說。
「真高興能碰到一個這麼尊重他人隱私的索引編寫者。」
「絕對不要替自己的書編索引。」她說。
布克農告訴我們，在一段無限冗長的私密愛情關係中，想要得到一雙眼睛，洞察那些看似怪異卻又無比真實的種種，雙拉斯是個很有價值的工具。明頓夫婦對這則索引詞條的精闢探索便是個例證。布克農說，雙拉斯是一種十分自負的結構。明頓夫婦的組合也不例外。

不久，明頓大使和我在離他太太有段距離的走道上碰面，他想讓我知道，他太太確實有能力從索引中找到事實，我必須尊重這點，這對他而言很重要。

「你可知道卡索為什麼絕對不會娶那個女人？雖然他愛她，她也愛他，而且他們還是一起長大的。」他低聲問。

「不，大使先生，我不知道。」

「因為他是個同性戀者。」明頓低語道：「她從索引上也看得出這點。」

# 56 自給自足的松鼠籠

我讀到，當李奧・鮑伊・強森和厄爾・馬卡比下士赤身裸體被沖到聖羅倫佐的岸邊時，他們碰到了比他們更狼狽不堪的人。聖羅倫佐人除了疾病之外一無所有，他們不知該如何治療那些疾病，甚至不知道那是什麼病。相形之下，強森和馬卡比擁有許多寶藏，例如：學識、野心、好奇心、膽識、桀驁不馴、健康、幽默，以及對外在世界的了解。

以下同樣是節錄自〈卡莉普索〉：

喔，我這裡找到的，
是一群非常可憐人，是的。
喔，他們沒音樂，
他們也沒啤酒。
喔，每個地方，
每個他們想棲息的地方，
全屬於卡索製糖公司，

或是天主教會。

以上這段關於聖羅倫佐一九二二年產業狀況的陳述，根據菲利．卡索的說法，是完全正確的。卡索糖業是菲利．卡索的曾祖父創建。一九二二年時，該公司擁有島上任何一塊可以開墾的地面。

卡索糖業在聖羅倫佐的營運，從未有過利潤。

菲利．卡索寫道：

但是，由於不必支付任何東西來取得勞力，該公司還是設法年復一年地經營下去，所賺的錢也只夠支付那些殘酷工頭的薪水。

大部分時間，聖羅倫佐都處於無政府狀態，只有當卡索糖業想要取得某些東西或推動某些事情的時候。換句話說，聖羅倫佐還停留在封建政府的形式。貴族是那些卡索糖業的蔗園地主——全都是從外地來的武裝白人。騎士則是由一群高大的本地人組成，這些人，只要給他們一點小禮物和無關緊要的特權，他們就會乖乖聽令去殺人、去傷人、去拷問。至於那些被關在惡魔松鼠籠裡的人民的精神需要，則操縱在幾名肥胖僧侶手中。

一九二三年遭人炸毀的聖羅倫佐大教堂，曾被公認為新世界最偉大的人造奇景之一。

卡索如此寫道。

# 57 不安的夢

馬卡比下士和強森控制了聖羅倫佐，這點算不上什麼奇蹟。許多占領過聖羅倫佐的人，肯定都發現它很容易拿下。理由很簡單：因為智慧無限的上帝，把這座島造得毫無價值。

賀南多．寇帝斯是紀錄上第一個征服聖羅倫佐的人。寇帝斯和他的部下在一五一九年為了取得淡水而登陸此島。為島命名後，宣稱將此島獻給當時的國王查理五世，就此占領。接著，他們在島上四處探險，想要尋找黃金、鑽石、紅寶石和香料，結果一無所獲，後來為求好玩和排除異端燒死了幾個島民，然後離開。

一六八二年，當法國宣稱占據了聖羅倫佐時，沒有半個西班牙人表示異議。

卡索寫道：

一六九九年，當丹麥宣稱占據聖羅倫佐時，沒有半個法國人表示異議。一七〇四年，當荷蘭宣稱占據聖羅倫佐時，也沒有半個丹麥人表示異議。一七〇六年，當英國宣稱占據聖羅倫佐時，沒有半個荷蘭人表示異議。一七二〇年，當西班牙重新占領聖羅倫佐時，也沒半個英國人抗議。一七八六年，當非洲黑人接管了一艘英國販奴船、開到聖羅倫佐，宣布聖羅倫佐是獨立國家，是由一個皇帝統治的帝國，事實上，也沒有半個西班牙人表示異議。

那個皇帝叫唐—邦瓦，是唯一一個認為該島值得護衛的人。唐—邦瓦是個瘋子，下令建造聖羅倫佐大教堂和位於該島北岸的奇幻堡壘——也就是被今日所謂的共和國總統據為私人官邸的那座堡壘。

堡壘從未受到攻擊，只要是頭腦正常的人，根本想不出誰有理由要攻擊它。這些堡壘從未護衛過任何東西。但據說有一千四百人在建築堡壘時喪命。這一千四百人裡面，有半數是因熱忱不足被當眾處死。

卡索糖業是在一九一六年進駐聖羅倫佐，正是第一次世界大戰期間糖業蓬勃發展那幾年。當時根本沒有政府。雖然聖羅倫佐的黏土和碎石地完全不適合耕種，但該公司認為，反正糖價這麼高，應該還是可以獲利。沒半個人對此表示異議。

當馬卡比和強森於一九二二年抵達此地，宣布他們將負起管理之責時，卡索糖業彷彿從一場不安的夢中醒來，筋疲力盡地撤走了。

# 58 不同的專制

卡索寫道：

聖羅倫佐的新征服者至少有一個特質。馬卡比和強森夢想將聖羅倫佐打造成烏托邦。為了達成這個目的，馬卡比徹底檢修了該島的經濟和法律。強森設計了一種新宗教。

卡索再次引用〈卡莉普索〉當中的一段：

我要一切事物
都有道理可尋，
那樣我們就會很快樂，是的，
不再緊張。
於是我編織謊言，

縫接得天衣無縫，
於是我將這悲慘的世界，
變成樂園。

我讀到這裡時，有人扯了一下我的衣袖。

小紐頓．霍尼克站在我旁邊的走道上。「我想或許你願意再去一下酒吧，」他說：「喝個幾杯。」

於是我們喝了幾杯。小紐頓的舌根因此放鬆了，跟我談起琴卡的事，他那個跳舞的俄國侏儒朋友。他告訴我，他們的愛巢就是他父親的鱈岬木屋。

「或許我沒有結成婚，但至少度了蜜月。」

他告訴我他們共度的悠閒時光，他和他的琴卡徜徉在彼此懷中，躺在菲利克斯．霍尼克博士那張面海的柳條椅上。

琴卡會為他翩翩起舞。「想想看，有個女人只為我而舞。」

「我看得出你沒有遺憾了。」

「她令我心碎。我並不喜歡那樣。可那是代價。在這個世界，一切都得付出代價。」

他豪邁地邀我乾杯。「向甜心和妻子致敬！」他喊道。

# 59
# 繫好安全帶

看得見聖羅倫佐了！我、紐頓和洛威・柯羅仍泡在酒吧裡，還有兩個陌生人。柯羅正談著屁仔[16]。「你們知道我說的屁仔是什麼吧？」

「我知道這個詞。」我說：「但顯然，這個詞在我看來並沒有什麼瘋子、怪人的意思，不像你。」

柯羅不知喝了多少杯酒，加上他說話的口氣非常熱誠，總讓人覺得他說的想必是真心話。他直言無諱又充滿情感地談論著紐頓的身材，在那之前，酒吧裡沒有人提起這話題。

「我指的不是像他這種小個子，」柯羅的肥手搭到紐頓肩上，「一個人是不是屁仔和身材高矮無關。關鍵在想法。我就見過比這個小傢伙大上四倍的人，但全是屁仔。我也見過一些小個子——呃，沒他這麼小，但也夠小的就是了，老天，卻是真正的男子漢。」

「謝謝。」紐頓愉悅地說，甚至沒瞧一眼搭在他肩上的大手。我從沒見過哪個人像他那

---

16 屁仔（pissant）：pissant 一詞的字面義是指「螞蟻」，在英文裡指的主要是無足輕重、沒有價值的人或物。

樣，可以如此泰然自若地面對這麼令人羞辱的生理缺陷。我因敬佩而打了個冷顫。

「你剛剛在談屁仔。」我對柯羅說，暗自希望他那隻肥手別加重紐頓的負擔。

「他媽的，一點也沒錯。」柯羅挺起胸膛。

「但你還沒告訴我們什麼樣的人叫做屁仔。」我說。

「屁仔就是那種自以為很聰明，一張嘴老是說個不停的人。不管別人說什麼，他都要強辯一番。比方你說你喜歡某樣東西，他就會告訴你不該喜歡，因為這因為那，等等等。屁仔就是會想盡辦法讓你覺得自己很蠢。無論你說什麼，他都知道得比你更清楚。」

「這種個性的確不太討人喜歡。」我附議道。

「我女兒有次居然想嫁給一個屁仔。」柯羅氣呼呼地說。

「真嫁了？」

「我把他當隻小蟲捏得扁扁扁。」柯羅捶著桌子，回想那個屁仔說了什麼，做了什麼。「老天！」他說：「我們都上過大學！」他的目光又落在紐頓身上。「你上過大學吧？」

「康乃爾。」紐頓說。

「康乃爾！」柯羅高興地喊道：「老天，我也是康乃爾的。」

「他也是。」紐頓對著我點點頭。

「三個康乃爾人——在同一班飛機上！」柯羅說著，我們又為此來了一番格倫福隆式的慶祝。

瘋得差不多後，柯羅問紐頓現在在做什麼。

「我在畫畫。」

「油漆房子？」

「我在畫圖[17]。」

「我真該死，失敬失敬！」柯羅說。

「請各位回到座位上，並繫好安全帶，」空中小姐警告：「我們抵達聖羅倫佐玻利瓦市孟札諾機場的上空了。」

「喔，老天，該死，再等一下，」柯羅俯視著紐頓，說道：「我突然想到好像在哪裡聽過你的姓氏。」

「我父親是原子彈之父。」紐頓不稱菲利克斯·霍尼克為原子彈眾父之一，他說原子彈之父。

「是嗎？」柯羅說。

「是的。」

「我剛才想的是別的，」柯羅絞盡腦汁地想著，「和跳舞女郎有關的。」

17 畫圖和漆油漆的動詞皆為Paint。

「我想我們最好回到座位上。」紐頓的神色繃緊了些。

「和一個俄國跳舞女郎有關。」酒精已經讓柯羅陷入遲鈍狀態，完全意識不到大聲說出他的想法會造成什麼傷害。「我記得看過一篇報導，說那個跳舞女郎可能是間諜。」

「各位先生，拜託。」空中小姐說：「你們真的得回到座位上去，扣緊你們的安全帶。」

紐頓無辜地仰望洛威・柯羅。「你確定那姓是霍尼克嗎？」為了消除任何誤認的可能性，他還一一拼出姓氏。

「我大概記錯了。」洛威・柯羅說。

# 60 貧困的國家

從空中鳥瞰，這座島幾乎是個標標準準的長方形，像是用尺畫出來的一樣。惡毒但沒什麼用處的石針自海面伸出，在島的周圍繞了一圈。

島的南端便是港都玻利瓦。

島上唯一的城市。

也是首都。

它建築在一塊沼澤平台上。孟札諾機場的跑道就在該市的海濱區。

群山矗立在玻利瓦市北方，島上其他地方布滿粗暴的山巒。當地人稱這些山巒為基督聖血山脈，但在我看來，它們更像是一群在食槽旁爭食的豬。

玻利瓦有過許多名字：卡滋─馬─卡滋─馬、聖塔瑪莉亞、聖路易、聖喬治、榮耀港……現在這個名字是強森和馬卡比於一九二二年取的，用以紀念拉丁美洲偉大的理想家和英雄人物──西蒙．玻利瓦。

在強森和馬卡比抵達時，它是個由樹枝、罐頭、條板箱和泥土築成的城市──建立在三兆隻快樂食腐動物的地下墓穴上方，墓穴裡充滿酸臭的汙水與爛泥。

這和我抵達時的狀況差不了多少，只除了海濱區多出一些虛假的新式建築。強森和馬卡比並未讓這裡的人民脫離貧窮和汙泥。「爸爸」孟札諾也沒成功。不管是誰都注定要失敗。聖羅倫佐是個鳥不生蛋的地方，就和撒哈拉沙漠或北極圈一樣。可是，它的人口密度卻又不輸任何地方，甚至包括印度和中國。這塊不適合人類居住的地方，卻平均每一平方哩都住了四百五十個居民。

在馬卡比和強森抱持理想主義重新改造聖羅倫佐的那段時期，他們宣布，該國的總收入將由所有成年公民平均分配。

卡索寫道：

這是一項創舉，但也只實施了那麼一次，結果是每人分到了六至七美元。

# 61 一名下士的價值

在孟札諾機場的海關，我們全得接受行李檢查，還得將我們打算在聖羅倫佐花用的錢換成當地貨幣，這裡的貨幣稱為下士——「爸爸」孟札諾堅持，每個下士值美金五角。

海關建築新穎整齊，但是牆上亂七八糟地貼了一大堆標語。

其中一張寫著：在聖羅倫佐島上，任何因奉行布克農教儀式而被逮捕者，一律以鐵勾處死。

另一張海報畫了布克農的肖像：一個抽雪茄菸的瘦黑老人。看起來聰明、仁慈、愉悅。畫像下方寫著：通緝——不論死活，懸賞一萬下士！

我仔細看了那張海報，發現海報底部有張布克農在一九二九年時填寫的身分表格複印本，顯然是為了讓追捕布克農的人看清他的指紋和字跡而印上的。

不過令我感興趣的，是布克農在一九二九年選擇寫在表格裡的文字。所有空白之處，全填滿了密密麻麻的宇宙觀——例如，他談到生命之短暫與永恆之漫長這類的事。

他在嗜好欄上填的是：活著。

在職業欄上填的是：裝死。

另一張標語寫著：這是個基督教國家！所有玩腳者一律處以勾刑。當時，那張標語對我還不具任何意義，我還不知道布克農教的信徒是以腳底相印讓靈魂交流。

因為我還沒看完菲利．卡索的全書，最令我大惑不解的是：布克農，這位馬卡比下士的摯友，到底是怎麼淪為罪犯的。

# 62 為什麼海柔不害怕

我們一共七人在聖羅倫佐下機：紐頓和安琪拉、明頓大使和大使夫人、洛威·柯羅和他太太，還有我。通過海關之後，我們一群人被帶到屋外，站上一座檢閱台。

在那裡，我們與一群非常安靜的民眾面對面。

五千多個聖羅倫佐人瞪著我們。這些島民的膚色如麥片粥。他們都很瘦，放眼望去看不到一個胖子。每個人都缺幾顆牙。有許多條腿不是彎的就是腫的。

沒有一雙眼睛澄澈如水。

女人的胸脯裸露、扁塌。男人穿著寬鬆油棕布，幾乎遮不住那有如老爺鐘擺錘的那話兒。

狗很多，但沒一隻吠叫。嬰孩也很多，但沒一個啼哭。各處不時有人咳嗽出聲——但也就是這樣而已。

群眾前方，一支軍樂隊立正等候著。他們並未奏樂。

樂隊前方，一支旗隊舉著兩幅旗幟：美國國旗和聖羅倫佐國旗。聖羅倫佐國旗的圖案是深藍色背景上一枚海軍陸戰隊下士的臂章。在這個無風的日子裡，兩面國旗垂頭喪氣地懸著。

我想像著，從遙遠的某處傳來一陣嘹亮的擊鼓聲。實際上並沒有任何聲音。只是我的靈魂在回應著聖羅倫佐那灼亮、逼人的熱氣。

「我真高興這是個基督教國家，」海柔・柯羅對她丈夫低語：「要不然我會有點怕。」

在我們後方有架木琴。

木琴上有個閃閃發亮的牌子，是用石榴石和萊茵石製成。

牌上寫著：孟娜。

# 63 虔誠與自由

在我們站立的檢閱台左方，有六架螺旋槳戰鬥機停成一排，是美國提供給聖羅倫佐的軍事援助。每架戰鬥機的機身上，都畫了一條正要將魔鬼勒死的大蟒蛇，相當幼稚又嗜血。血從魔鬼的耳朵、鼻孔和嘴巴噴流出來。魔鬼腥紅的手指間握著快要滑落的三叉戟。

每架飛機前方，都站著一名麥片粥膚色的駕駛員，同樣默默無語。

然後，在這令人窒息的靜默上方，傳來有如蚊蚋鳴叫的響聲。那是逐漸迫近的警笛鳴聲。而那警笛就裝在「爸爸」黑亮的凱迪拉克豪華轎車上。

轎車停在我們前方，輪胎冒煙。

下車的人是「爸爸」孟札諾，和他的義女——孟娜．艾夢．孟札諾，還有法蘭克．霍尼克。

在「爸爸」一個微小而威嚴的示意下，群眾唱起聖羅倫佐的國歌。國歌的曲調取自〈牧場上的家〉這首民謠。歌詞則是由李奧．鮑伊．強森，也就是布克農在一九二二年填寫的。歌詞如下：

喔，在我們的國土上，
生活不虞匱乏，
男人如鯊魚般無畏；
女人無比純潔，
而我們的孩童全都要
以腳趾留下印記。
聖，聖羅倫佐！
我們是富庶幸運之島！
我們的敵人畏懼，
因為他們自知敵不過
如此虔誠而自由的人民。

# 64 和平與富足

然後，群眾再次死寂一片。

「爸爸」、孟娜和法蘭克走上檢閱台。他們走過來時，一只小鼓不停演奏著。直到「爸爸」對鼓手舉起一根手指，鼓聲停下。

「爸爸」的軍服外掛著槍套肩帶。裡面的武器是鍍鉻鋼的點四五手槍。他是個很老很老的人，就像我的許多卡拉斯成員一樣。他的身體很糟。步履細碎不穩。雖然身形肥胖，肥油卻在迅速融化中，制服顯得鬆垮垮的。他那雙蟾蜍眼睛是蠟黃色。他的雙手顫抖。

他的私人保鑣便是法蘭克林．霍尼克少將，身穿白色制服。法蘭克手腕瘦削、肩膀狹窄，看起來像是個早已過了上床時間卻仍硬撐的孩子，胸前別著勳章。

我對他們兩人——「爸爸」和法蘭克的觀察，進行得有點困難。不是因為誰擋了我的視線，而是我無法從孟娜身上移開目光。我感到悸動、心碎、狂喜、發瘋。我對一個女人所能有的最貪婪、最不可理喻的夢想，都在孟娜身上應驗了。連上帝都會愛上她那溫暖而柔滑的靈魂，有了她，世界將永遠和平富足。

那女孩才十八歲，卻是那樣寧靜安詳。她似乎了解一切，彷彿她就是為了了解這一切而存在。《布克農之書》曾提到她的名字。布克農對她的一項描述是：孟娜有萬物之單純。

她穿著希臘白袍。
平底涼鞋在棕色小腳上。
她的淡金色頭髮細長光滑。
她的美臂如七絃豎琴。
喔，上帝。
願世界永遠和平富庶。

她是聖羅倫佐的第一美人。她是國家的珍寶。根據菲利·卡索的記載，「爸爸」領養她，是為了在他嚴苛的統治中摻入神意。

木琴移到檢閱台前方。孟娜開始演奏。她敲出的樂曲是〈長日將盡〉。全是顫音——揚起、淡落、又揚起。

群眾陶醉在她的美麗之中。

接著，便是「爸爸」向我們致意的時間了。

## 65 歡迎來到聖羅倫佐

「爸爸」是個自學出身的人，年輕時曾是馬卡比下士的管家。他從未離開過這座島嶼。他的美式英語還算過得去。

我們在看台上所說的每一句話，全都透過擴音器大聲向群眾播放。

無論擴音器播送出什麼話，全都傳送到群眾後方那條寬廣的大道上，然後被大道盡頭的三幢玻璃帷幕大樓擋下，又折射回來，夾著刺耳的雜音傳回原處。

「歡迎，」「爸爸」說：「你們來到的國家，是美國有史以來最好的朋友。美國在許多地方都受人誤解，但是在這裡不會，大使先生。」他向自行車製造商洛威．柯羅鞠了個躬，誤以為他是新任美國大使。

「總統先生，我知道這是個很好的國家，」柯羅說：「我所聽說的有關這裡的一切，全都棒極了。只有一件事……」

「哦？」

「我不是大使先生。」柯羅說：「但願我是，可我只是個平凡、普通的生意人。」要他說出誰才是真正的大使顯然讓他很為難。「這位才是那位大人物。」

「啊！」「爸爸」為他的錯誤而微笑。但這抹笑容突然消失。他內部的某種痛楚讓他面容扭曲，接著更彎下腰來，緊閉雙眼，好讓他集中注意力來克服這疼痛。

法蘭克．霍尼克上前攙扶他，但無濟於事。「你還好嗎？」

「不好意思。」「爸爸」終於低聲說出一句話，並稍微挺起身。他的眼底有淚。他抹掉淚水後，站直了身。「請見諒。」

他好像一時不知自己身在何處，又該做什麼。然後他想起來了。他和霍爾．明頓握握手。「在這裡，人人都是你的朋友。」

「我確信是的。」明頓溫和地說。

「基督徒。」「爸爸」說。

「很好。」

「反共分子。」「爸爸」說。

「很好。」

「這裡沒有共產黨員，」「爸爸」說：「他們很怕鐵勾。」

「我相信他們會怕。」明頓說。

「你選了一個很好的時機來我們這裡。」「爸爸」說：「明天將是本國有史以來最快樂的一天。明天是我們最偉大的國慶日，百位民主烈士節。明天也將是霍尼克少將和孟娜．艾夢．孟札諾訂婚的日子。她是我這輩子最珍貴的人，也是聖羅倫佐歷史上最珍貴的人。」

「孟札諾小姐，祝妳幸福快樂。」明頓懇切地說：「霍尼克將軍，恭喜你。」兩個年輕人點頭致謝。

明頓接著談到所謂的百位民主烈士，他撒了個大謊。「在美國，所有學童都知道聖羅倫佐在第二次世界大戰光榮犧牲的故事。明天我們紀念的這一百位聖羅倫佐勇士，是所有愛好自由者的典範。美國總統請求我在明天的典禮上代表他個人，將美國人民贈與聖羅倫佐人民的禮物——一輪花圈，扔到大海裡。」

「聖羅倫佐人民感謝您和您們的總統，感謝慷慨的美國人民如此細心周到。」「爸爸」說：「如果您能在明天的訂婚宴會上將花圈扔到海中，我們將深感榮幸。」

「這是我的榮幸。」

「爸爸」命令我們都要賞賜他這個榮幸，出席次日的花圈典禮和訂婚宴會。我們預定在正午抵達他的皇宮。

「這兩個人將會生出多麼完美的子女啊！」「爸爸」說著，要我們注視法蘭克和孟娜，「多好的血統與美貌！」

疼痛再次襲擊他。

他再次閉上眼睛，身子蜷縮成一團。

他等著那股陣痛消逝，但它徘徊不去。

在痛苦中，他轉離我們，面對群眾和麥克風。他想對群眾揮手示意，卻辦不到。他想對群眾說兩句話，也說不出口。

然後，他的話冒了出來。「回家，」他費力地喊道：「回家！」

群眾們如落葉般紛紛散去。

「爸爸」再次面對我們，整張臉依然因痛楚而扭曲。

然後他倒在台上。

# 66 最強大之物

他並沒有死。

但他看起來真的就像死了一樣，除了偶爾會因痙攣而顫抖。

法蘭克大聲抗議說「爸爸」沒有死，說他不可能死。他發狂似地喊著：「『爸爸』！你不能死！你不能！」

法蘭克鬆開「爸爸」的領口和上衣，搓揉他的手腕。「給他空氣！給『爸爸』空氣！」

戰鬥機飛行員跑過來幫忙。其中一個想到叫機場的救護車前來。

樂隊和旗隊因未得到命令依然立正不動。

我尋找孟娜，發現她依然平和安詳，已退到檢閱台的欄杆邊。就算是死亡也無法使她驚慌。

一名飛行員站她身旁。他並未看著她，但是他的臉因冒汗而看起來散發著光采。我猜想是他靠她如此之近的緣故。

「爸爸」這時似乎恢復了一點知覺。一隻手胡亂揮動著，就像是被抓住的鳥胡亂揮舞翅膀一般。他指著法蘭克說：「你……」

我們全都靜默下來，好聽清楚他要說的話。

他的嘴唇動了動，但除了冒泡聲外，我們什麼也沒聽到。

這時，有人提出一個在當時看來絕妙無比的主意——現在回想起來卻糟糕透了。有個大概是飛行員的人拿起麥克風，湊到「爸爸」冒著唾沫的唇邊，好擴大他的聲音。

於是死亡和各種痙攣性的聲音滋滋作響地從新建築反彈回來。

然後他的話傳來了。

「你，」他嘶聲對法蘭克說：「你——法蘭克．霍尼克，你將是聖羅倫佐的下一任總統。科學——你懂得科學。科學是最強大之物。」

「科學，」「爸爸」說：「冰。」他滾動黃色眼球，隨即又昏了過去。

我注視孟娜。

她的表情毫無變化。

然而她身旁的飛行員卻像在接受國會榮譽動章一般，緊張僵硬中帶著狂喜。

我低下頭，看到意外的一幕。

孟娜脫掉她的一隻涼鞋，露出她的棕色小腳。

她用那隻赤腳不斷地搓揉、搓揉——曖昧地搓揉飛行員的鞋背。

# 67 太—意—刮

「爸爸」並沒有死——至少當時沒有。

他被機場的紅色救護車載走了。

明頓夫婦由美國轎車載往大使館。

紐頓和安琪拉被聖羅倫佐的轎車載到法蘭克的住所。

柯羅夫婦和我坐上聖羅倫佐的計程車，一輛看似靈車、座位彈性極佳的一九三九年份克萊斯勒轎車，前往孟娜屋飯店。計程車身上寫的名字是卡索運輸公司，車主為菲利・卡索，就是孟娜屋的所有人，也是我前來採訪對象的兒子，那個完全忘我無私的人的兒子。

柯羅夫婦和我都心煩意亂。我們感到驚愕，有一肚子的問題想立刻得到解答。柯羅夫婦想知道布克農是誰。他們一想到竟有人敢和「爸爸」孟札諾作對，便感到憤憤不平。

而我想到的卻是完全無關的問題，我想立刻知道百位民主烈士是哪些人。

柯羅夫婦的問題首先得到答案。他們聽不懂聖羅倫佐方言，因此我必須為他們翻譯。柯羅詢問司機的基本問題是：「這個屁仔布克農到底是什麼傢伙？」

「很壞的人。」司機說。實際上他說的是：「宏否的冷。」

「他是共產黨員嗎？」柯羅聽過我的翻譯後又問。
「噢！當然。」
「有人追隨他嗎？」
「什麼？」
「有任何人覺得他值得尊敬嗎？」
「噢，沒有，先生，」司機虔敬地說：「沒人發瘋。」
「那他為何還沒被抓呢？」柯羅又問。
「他很難找到，」司機說：「很聰明。」
「嗯，一定是有人把他藏起來，還給他食物吃。否則他早就被抓了。」
「沒有人藏他，沒有人餵他。沒有人那麼笨。」
「你確定嗎？」
「哦，當然。」司機說：「誰若給那瘋老頭東西吃，給他地方睡，就會被送上鐵勾的，沒有人想要鐵勾。」
最後的鐵勾兩字，他的發音是：「太—意—刮。」

# 68 把迷迷之拉斯

我問司機百位民主烈士是誰。我看見我們正在走的那條大道，就叫做百位民主烈士大道。

司機告訴我說，聖羅倫佐在珍珠港遭到攻擊一個小時後，對德、日宣戰。

聖羅倫佐徵召一百個人去為民主陣營而戰。這一百個人被送上一艘駛往美國的船艦，到那裡去接受武裝和訓練。

就在玻利瓦港外，那艘船便被德國潛艇擊沉了。

「松生，拉鞋緊是把迷迷之拉斯。」他說。

「先生，」他以方言說：「那些就是百位民主烈士。」

# 69 巨幅馬賽克

柯羅夫婦和我共同經歷了一次奇特的經驗，成為一間新飯店的第一批客人。我們是孟娜屋首批向櫃台登記住房的人。

柯羅夫婦在我之前到達櫃台，但是洛威．柯羅無法下筆簽名，因為一本完全空白的登記簿讓他錯愕不已。他必須想一想。

「你來簽吧。」他對我說。接著，為了不讓我以為他很迷信，他假裝說他想幫正在大廳牆上拼貼巨幅馬賽克的藝術家拍張照片。

那幅馬賽克是孟娜．艾夢．孟札諾的肖像，高二十呎。馬賽克藝術家年輕強健，肌肉發達。他坐在摺疊梯頂端，全身上下只穿著白色帆布短褲。

他是個白人。

馬賽克藝術家正以金色小碎片在孟娜天鵝頸項的頸窩處貼出金髮。

柯羅走過去為他拍照，回來後說那個人是他這輩子見過最自大的屁仔。柯羅的臉漲成番茄汁的顏色說道：「不管你對他說什麼，他都可以回上一大篇。」

於是我走到藝術家下方，望著他好一段時間後，對他說：「我羨慕你。」

他嘆道：「我就知道只要我等久了，總會有人過來羨慕我。我不斷告訴自己要忍耐，遲早會有個羨慕的人過來。」

「你是美國人嗎？」

「那是我的快樂。」他繼續工作，對我的長相毫不好奇，「你也想為我拍照嗎？」

「你介意嗎？」

「我思，故我在，故我可以被拍照。」

「只可惜我沒帶相機過來。」

「呃，老天爺，去拿呀，你不是那種會相信自己記憶力的人吧？」

「我想我不會這麼快就忘記你正在貼的這張臉。」

「你死後就會忘了，我也會。等我死了，我會忘掉一切——我勸你也要這樣。」

「她為這幅馬賽克擺過姿勢嗎？或者你是按照相片做的，或根據別的？」

「我是根據別的。」

「什麼？」

「我是根據別的，」他拍拍太陽穴，「全都在我這顆令人羨慕的腦袋裡。」

「你認識她？」

「那是我的快樂。」

「法蘭克．霍尼克是個幸運的男人。」

「法蘭克．霍尼克是團狗屎。」

「你倒是很坦率。」

「我也很有錢。」

「很高興知道這點。」

「如果你想聽專家的意見，金錢不一定能使人快樂。」

「謝謝你的忠告，你剛剛為我省了很多麻煩，我本想賺些錢的。」

「怎麼賺？」

「寫東西。」

「我也寫過一本書。」

「書名是什麼呢？」

「《聖羅倫佐：土地、歷史和人民》。」他說。

# 70 布克農調教出來的

我對那名馬賽克工人說：「我想，你就是朱利安・卡索的兒子，菲利・卡索囉。」

「那是我的快樂。」

「我是來這裡看你父親的。」

「你是阿司匹靈推銷員？」

「不是。」

「太可惜了。父親的阿司匹靈快沒了。那你有賣奇蹟藥嗎？父親喜歡偶爾表演一下奇蹟。」

「我不是藥品推銷員。我是個作家。」

「何以見得作家就不是藥品推銷員呢？」

「說得對。我錯了。」

「父親需要可以念給將死之人或受苦之人聽的書。我想你沒寫過那樣的書吧？」

「還沒。」

「我想那種書會很賺錢。這是給你的另一個很有價值的提示。」

「我想我可以稍微分解重組〈詩篇二十三篇〉，沒人看得出來那不是我的原著。」

「布克農也試過要重組它，」他告訴我：「但是發現他無法更動任何一字。」

「你也認識他嗎？」

「那是我的快樂。小時候，他是我的家庭教師。」他傷感地比了一下馬賽克，「他也是孟娜的家教。」

「他是個好老師嗎？」

「孟娜和我都可以看書、寫字、算簡單的加減，」卡索說：「如果那是你對好老師的定義的話。」

# 71 身為美國人的快樂

洛威．柯羅又走過來和他口中的屁仔較量一回。

「你以為你是誰？」柯羅輕蔑地說：「披頭族嗎？」

「我以為我是布克農教徒。」

「那不是違反這個國家的法律嗎？」

「我正好有身為美國人的快樂，所以我可以在任何時候，只要我高興，就說我是個布克農教徒。到目前為止，還沒人找過我麻煩。」

「我相信不管我在哪個國家，我都會遵守該國的法律。」

「這種話我聽多了。」

柯羅漲紅了臉。「去你的，傑克！」

「去你的，賈斯博，」卡索沉著地說：「還有去你的母親節和聖誕節。」

柯羅大步走過大廳去到櫃台，向當班的職員說道：「我要告發那邊那個人，那個屁仔，那個所謂的藝術家。你們這個小國家很好，正在努力吸引觀光客和工業投資。但是照那人剛才對我說話的態度，我甚至不想再見到聖羅倫佐一眼——如果有朋友向我問起聖羅倫佐，我也會告訴他不要到這裡來。你們那面牆上的馬賽克或許不錯，可是，我的老天，那個正在做它的屁仔卻是我這輩子見過最粗魯無理的混蛋。」

那職員一臉不舒服的樣子。「先生⋯⋯」

柯羅氣沖沖地說：「怎樣？」

「先生——他是這間飯店的老闆。」

# 72 屁仔希爾頓

洛威·柯羅和他太太退掉孟娜屋的訂房。柯羅喊它屁仔希爾頓，他要求住進美國大使館。於是，我成了那間總共有一百個房間的飯店的唯一一名房客。

我的房間很舒服。和其他房間一樣，面對百位民主烈士大道、孟札諾機場和機場後方的玻利瓦港。孟娜屋的建築有如一面書櫃，兩旁和後側封閉，立面則是一整排藍綠色的玻璃。於是，位於孟娜屋兩旁與後方的寒傖和貧苦，旅客是看不見的。

我的房間開了空調。冷到有點凍。由悶人的炙熱突然進入這片寒氣，害我不由得打了個噴嚏。

在我的床頭櫃上插有鮮花，床鋪卻還沒鋪好，床上甚至連個枕頭也沒有，只有光禿禿的彈簧床墊。衣櫃裡沒衣架，浴室裡甚至沒衛生紙。

於是我到外面走廊尋找打掃房間的女傭，看能不能讓我房間的配備完整一些。走廊上沒有人，不過盡頭有扇房門開著，隱約傳出人聲。

我走向這扇門，接著發現一間鋪了油漆蓋布的大套房。房內正在進行粉刷工作，只不過我出現時，那兩名油漆工人並沒在粉刷。他們坐在與窗牆等長的架子上。

他們沒穿鞋，兩眼緊閉，面對彼此。

他們赤足以腳底相貼。

兩人各自抓住自己的腳踝，把自己繃成一個三角形。

我清了清喉嚨。

那兩人立刻滾落架子，落到油漆點點的蓋布上。他們四肢落地，並一直保持著那個姿勢。

臀部翹高，鼻子幾乎碰地。

他們一副待宰的模樣。

「對不起。」我驚訝地說。

「不要說出去。」其中一人哀求道：「拜託你——求你不要說出去。」

「說出去什麼？」

「你剛才看見的！」

「我什麼都沒看到。」

「如果你說出去，」他的臉頰貼著地板，雙眼朝上懇切地望著我說：「如果你說出去，我們就會死在太—意—刮上。」

「聽著，朋友。」我說：「我可能來的不是時候，但是我再說一次，我沒有看到任何可以說出去的事情。拜託你們——站起來吧。」

他們站起身，但仍注視著我。他們全身發抖，十分畏怯。我好不容易終於說服他們相信，我絕不會把我看到的說出去。

當然，我看到的正是布克農教徒的布克—瑪路儀式，一種能讓意識交流的儀式。

我們布克農教徒相信，當你跟另一人腳底相印的時候，只要雙方的腳都很乾淨，都照料得很好，你是不可能不愛上那個人的。

印腳儀式的由來，記載在這首〈卡莉普索〉中：

我們會腳底相觸，是的，
是的，因為我們值得，
我們會彼此相愛，是的，
是的，就像我們愛這大地之母。

# 73 黑死病

當我回到房間時，發現菲利・卡索——那個馬賽克藝術家、歷史學家、自編索引者、屁仔和飯店老闆，正在我的浴室裡裝衛生紙。

「多謝。」我說。

「不客氣。」

「我認為這間飯店確實是以真心招呼客人。有幾個飯店老闆會如此在意客人的舒適呢？」

「有幾個飯店老闆只有一個客人呢？」

「你本來有三個的。」

「真是逝去的美好時光啊！」

「你知道，也許這不干我的事，但我真的很難理解，像你這樣興趣廣泛又有天分的人，怎麼會想經營飯店。」

他困惑地皺皺眉。「看來我不太會應對客人，對吧？」

「我在康乃爾時認識一些旅館系的人，我忍不住會想，他們對待柯羅夫婦的方式應該會不太一樣。」

他不舒服地點點頭。「我知道，我知道。」他雙臂一攤。「我也不明白為什麼要蓋這間飯店——大概和我的生活有關吧。一種忙碌的方式，一種避免寂寞的方式。」他搖搖頭：「我可以當個隱士或開間飯店——除此之外別無選擇。」

「你不是在你父親的醫院裡長大的嗎？」

「沒錯。孟娜和我都是在那裡長大的。」

「那麼，難道你從沒想過，過著像你父親那樣的生活？」

菲利．卡索苦笑一下，沒有直接回答。「我父親是個有趣的人，」他說：「我想你會喜歡他的。」

「我也這麼想。沒有多少人能像他這樣無私奉獻。」

「有一次，」菲利．卡索說：「我大概十五歲的時候，一艘載了整船柳條家具的希臘船，從香港開往哈瓦那，在這附近發生叛變。叛變的船員控制了該船，卻不知如何駕駛，於是在『爸爸』孟札諾的城堡附近，撞上礁石全毀。除了老鼠之外，所有人全淹死。老鼠和柳條家具漂到岸上。」

那聽起來似乎是故事的結尾了，但我不太確定。「然後呢？」

「有些人得到免費家具，有些人卻得到腺鼠疫。在父親的醫院裡，十天內死了一千四百人。你見過因罹患腺鼠疫而死亡的人嗎？」

「老天保佑，沒有。」

「鼠蹊部和腋下的淋巴腺會腫到像葡萄柚那麼大。」
「我一點也不懷疑。」
「死後，屍體會變成黑色——像新堡生產的木炭一樣黑，我們在聖羅倫佐看到的就是這樣。在鼠疫四處肆虐那段期間，『叢林希望與慈悲之家』簡直就像屠殺猶太人的奧許維茲集中營。我們的屍體堆積如山，最後不得不找部挖土機把他們鏟到公共墓地去。父親日以繼夜地工作，雖然不眠不休，卻也沒救活多少人。」
菲利·卡索這個恐怖的故事，被我房中的電話鈴聲打斷。
「我的天，」卡索說：「我甚至不知道電話已經接通了。」
我拿起話筒。「喂？」
打電話給我的人是法蘭克林·霍尼克少將。他聽起來氣喘吁吁而且嚇呆了。「聽著！你一定要立刻到我住的地方。我們一定要談一談！這可能是你這輩子最重要的一件事！」
「你可以先告訴我怎麼回事嗎？」
「不能在電話上說，不能在電話上說。你到我這裡來。你立刻就來！拜託！」
「好吧。」
「我不是跟你鬧著玩的。這真的是你一生中非常重要的一件事。最重要的事。」他掛斷電話。
「有什麼事嗎？」卡索問。

「我根本一頭霧水。法蘭克・霍尼克想立刻見我。」
「慢慢來。別緊張。他是個白痴。」
「他說很要緊。」
「他哪裡知道什麼叫要緊？我用香蕉都可以刻出一個比他更好的人。」
「呃，那還是先說完你的故事吧。」
「我剛才說到哪裡？」
「腺鼠疫。挖土機鏟走屍體。」
「噢，對。總之，有一晚我睡不著，陪爸爸熬夜工作。我們能做的，就只是找出可以醫治的活病人。我們走過一床又一床，看到的全是死人。」
「父親開始發笑。」卡索繼續說道。
「他停不下來。他拿著手電筒走到室外的黑夜中，仍然大笑不止，手電筒的燈光在外面的屍堆上跳來閃去。他伸手摸摸我的頭——你猜那個了不起的人對我說了什麼？」
「不知道。」
「『兒子，』我父親對我說：『有一天，這一切都會是你的。』」

# 74 貓的搖籃

我搭了一輛聖羅倫佐的計程車去法蘭克那裡。

途中經過許多令人驚駭的貧民區。我們爬上馬卡比山的斜坡。空氣變涼了些，山上還飄著薄霧。

法蘭克的住處原本是奈脫・艾夢的家——也就是孟娜的父親，「叢林希望與慈悲之家」的建築師。

這房子自然也是奈脫・艾夢設計的。

它橫跨過瀑布，懸臂上的露台伸進瀑布激起的水霧中。超輕質的不鏽鋼直柱和橫樑，組構出精巧的格窗。格與格之間的縫隙，有些以小石頭塞住，有些則上了漆，或由帆布擋住。

與其說這棟房子封存了某個人的突發奇想，不如說它宣告著某個人的異想天開。

一名僕人很有禮貌地向我請安之後，告訴我法蘭克尚未到家。他隨時可能回來。法蘭克交代僕人，務必要讓我感到快樂、舒適，還要留下來吃晚餐和過夜。這個自稱史坦利的僕人，是我在聖羅倫佐看到的第一個胖子。

史坦利帶我到客房。他帶我繞過房子的中心地帶，走下一道活石梯，石梯上隨意覆蓋了一些長方形鋼架。我的床是個石床架，鋪著海棉床墊。房間的牆是帆布帳蓬。史坦利教我如何捲收放下，我可以隨意決定。

我問史坦利有沒有別人在家，他告訴我只有紐頓在。他說紐頓在懸挑的露台上畫畫。他說安琪拉到「叢林希望與慈悲之家」參觀了。

我走到那座横跨瀑布上方、令人暈眩的露台，發現小紐頓坐在黃色蝴蝶椅上睡著了。紐頓的畫放在鋁欄杆旁的畫架上。他的畫，看起來像是鑲在霧濛濛的天空、海洋與山谷之中。

紐頓的畫又小又黑，表面還有顆粒突起。

畫面是用濃稠的黑顏料刮出的線條，看起來像一張蜘蛛網。那充滿黏性的網，讓我不禁覺得，上面滿載著人類的無力感，高掛在無月的黑夜中等待風乾。

我並未喚醒畫了這幅怪畫的侏儒。我抽著菸傾聽水聲，想像著各種聲響。

驚醒小紐頓的是遠處下方傳來的一聲爆炸。爆炸聲撞擊山谷，傳向上帝。法蘭克的管家告訴我，那是玻利瓦港的砲聲，每天五點準時鳴砲。

小紐頓驚醒了。

半睡半醒之間，他用沾了黑色顏料的雙手揉擦他的嘴和下巴，留下黑色汙痕。他又揉揉眼睛，眼睛四周也留下黑漬。

「嗨。」他睏倦地對我說。

「嗨，」我說：「我喜歡你的畫。」

「你看得出那是什麼嗎？」

「我想它對不同的人都有不同的意思。」

「那是貓的搖籃。」

「噢，」我說：「很好。刮痕就是繩子。對吧？」

「翻花繩是最古老的一種遊戲。連愛斯基摩人都會玩。」

「可不是。」

「大約有十萬多年了吧，大人們一直用繩子織出各種三角形的圖案給他們的孩子看。」

「嗯。」

紐頓一直縮在那張椅子裡。他伸出沾了黑色顏料的雙手，好像在打貓的搖籃。「怪不得小孩長大後都很瘋狂。貓的搖籃只不過是某人雙手之間的一大堆叉叉而已，小孩卻一直盯著一直盯著那些叉叉……」

「所以？」

「沒有該死的貓，也沒有該死的搖籃」。

## 75 代我問候亞伯特・史懷哲

這時，紐頓那位又瘦又高、像根竹竿的姊姊，安琪拉・霍尼克・康那，和菲利的父親，也就是「叢林希望與慈悲之家」的創始人——朱利安・卡索，一起回來了。

朱利安・卡索穿著寬鬆的白色亞麻套裝，繫著蝶形領結。他留著一撮雜亂的小鬍子、瘦削、禿頭。我心想，他是個聖人。

在那座懸挑露台上，他向紐頓和我自我介紹。

「據我所知，你是亞伯特・史懷哲的追隨者。」我對他說。

「差得遠了……」他冷笑了一下，「我從沒見過那位先生。」

「他一定知道你的志業吧，就如你知道他的。」

「或許知道，或許不知道。你見過他？」

「沒有。」

「你會去找他嗎？」

「也許有一天我會。」

「那好，」朱利安・卡索說：「如果你在旅行時正好碰見史懷哲醫生的話，你不妨告訴他說，他不是我的英雄。」他點燃一根粗大的雪茄。

雪茄燃熱之後，他用雪茄火紅的那端指著我，對我說：「你可以告訴他，他不是我的英雄。但是你也可以告訴他，多虧他，耶穌基督才成為我的英雄。」

「我想他聽到會很高興的。」

「我不在乎他高不高興。這是耶穌和我之間的事。」

## 76 朱利安・卡索認同紐頓一切都無意義的說法

朱利安・卡索和安琪拉走上前看紐頓的畫。朱利安用食指彎出孔，瞇著眼透過小孔看畫。

「你覺得如何？」我問他。

「黑色的。這是什麼——地獄嗎？」

「你看它是什麼就是什麼。」紐頓說。

「那麼就是地獄了。」朱利安說。

「不久之前，我聽說那是貓的搖籃。」我說。

「內幕消息總是有幫助的。」朱利安說。

「我不認為這幅畫多好。」安琪拉抱怨道：「我覺得很醜，不過我對現代畫一竅不通。有時我真希望紐頓去上些課，那樣就可以確定他到底有沒有天分。」

「你是自修的嗎？」朱利安問紐頓。

「有誰不是呢？」紐頓反問。

「非常好的回答。」朱利安滿懷敬意。

我自動解釋了貓的搖籃的深層意涵，因為紐頓似乎拒絕再解釋一次。

朱利安深表贊同地點點頭。「原來這是一幅一切都毫無意義的畫！我完全同意。」

「你真的同意嗎？」我問：「一分鐘前，你才在談論耶穌的事情。」

「誰？」朱利安問。

「耶穌基督？」

「噢，」朱利安說：「他啊。」他聳聳肩。「人們總得說點什麼好讓他們的喉嚨活動活動，這樣，萬一哪天真要說些有意義的話時，才會有好聲音。」

「我明白了。」我知道要寫一篇關於他的大眾化報導恐怕沒那麼容易。我必須集中在他的神聖事蹟上，他那些有關惡魔的想法與說法，則必須完全置之不理。

「你可以引用我的話，」他說：「人是邪惡的。人製造不值得製造的東西，知道不值得知道的事。」

他傾身向前，握了握紐頓沾滿黑色顏料的小手。「對吧？」

紐頓點點頭，有那麼一時半刻，似乎有點懷疑他是否言過其實。「對。」

聖人接著又走到紐頓的畫前，從畫架上拿下那幅畫。他對我們三人露出笑容。「垃圾——就像其他所有的一切。」

於是他將畫扔出懸挑露台。畫紙隨風飄揚，停滯，飛回，切進瀑布當中。

小紐頓無話可說。

安琪拉率先開口。「寶貝，你整張臉都沾了黑色顏料。快去洗乾淨吧。」

# 77 阿司匹靈和布克—瑪路

「告訴我，大夫，」我問朱利安．卡索：「『爸爸』孟札諾情況如何？」

「我怎麼知道？」

「我以為你一直在幫他治療。」

「我們根本連話都不說……」朱利安笑笑，「應該說，他不跟我說話。他對我說的最後一句話是，我之所以能逃過鐵勾伺候，完全是我的美國公民身分，那已經是三年前的事了。」

「你做了什麼觸怒他的事嗎？你到這裡來，用你自己的錢為他的人民蓋了免費醫院……」

「『爸爸』不喜歡我們對待病人的方式。」朱利安說：「尤其是快要死去的病人。在叢林希望與慈悲之家，若病人想要，我們會幫他施行布克農教的儀式。」

「什麼樣的儀式呢？」

「很簡單。首先是一段啟應頌讀。你要啟應嗎？」

「我現在離死還滿久的，如果你不介意的話。」

他給了我一個犀利的眼神。「你很聰明，懂得謹慎行事。接受告別儀式的人，都得按照固定的方式，依指示死去。我想只要我們不碰腳，整個儀式就不算完成。」

「腳？」

他向我解說布克農教徒對腳的態度。

「這就解釋了我在飯店裡看到的事了。」我告訴他窗台旁那兩名油漆工人的事。

「那真的有用，你知道，」他說：「那樣做的人，真的會對彼此、會對這個世界感覺更好。」

「嗯。」

「布克—瑪路。」

「什麼？」

「就是腳底相印那回事的稱呼。」朱利安說：「真的有用。我感激一切有用的事物。真正有用的東西並不多，你知道的。」

「我想是吧。」

「要不是有阿司匹靈和布克—瑪路，我的醫院根本開不下去。」

「我猜，」我說：「儘管有法令規定，儘管有太—意—刮，這座島上還是有不少布克農教徒吧……」

「你還沒搞清楚，對吧？」他大笑。

「搞清楚什麼？」

「在聖羅倫佐，人人都是虔誠的布克農教徒，儘管有太—意—刮的威脅。」

# 78 鋼圈

「多年前，當布克農和馬卡比接管這個可悲的國家時，」朱利安・卡索說：「他們趕走了神父。然後世故又愛玩的布克農自己發明了新宗教。」

「我知道。」我說。

「嗯，當所有的政治或經濟改革都無法解除人們的悲慘困境時，宗教便成為唯一的希望寄託。真相是人民之敵，因為真相太可怕了，布克農決心為人民提供愈來愈好的謊言。」

「他怎麼會淪為罪犯？」

「那是他自己的主意。為了讓人民的宗教生活更有熱忱、更強烈，他要求馬卡比宣布他和他的宗教是違法的。附帶一提，為此他還寫了一首小詩。」

朱利安引述這首並未收錄在《布克農之書》裡的詩：

於是我向政府道別，
並說出我的理由；
真正的好宗教，

是一種背叛的形式。

「布克農也建議，用鐵勾來懲罰布克農教徒。」他說：「他在杜莎夫人蠟像館的恐怖室看過那東西。」他使了一個陰森的眼色。「那也是為了提高宗教熱忱。」

「很多人死在鐵勾上嗎？」

「最初並沒有，最初並沒有。最初那一切都是編出來的。與處罰有關的傳言四處流散，但並沒有人真的知道有誰是那樣死的。馬卡比對布克農教徒——也就是這裡的每個人，的嗜血威脅，讓他過足了癮。」

「布克農也躲到叢林裡一個溫馨的處所，」朱利安又說：「終日寫書、傳道、吃他的信徒們帶給他的好東西。」

「馬卡比會組織所有沒工作的人——實際上就是所有人，去追捕布克農。」

「大約每隔半年，馬卡比就會得意洋洋地宣布，布克農已經被包圍了，就像是陷入牢不可破的無情鋼圈，插翅也難飛。」

「然後那個無情鋼圈的領導者，又會向那懊惱氣憤的馬卡比報告說，布克農不可思議地逃走了。」

「他逃走了，消失了，又可以繼續傳教了。奇蹟！」

# 79 為什麼馬卡比的靈魂變粗俗

「馬卡比和布克農沒能提高人民的日常生活水準。」朱利安・卡索說：「事實上，這裡的生活和以前一樣貧乏、殘酷、可悲。」

「可是人民不再像過去一樣，心思全放在這些可怕的事實上。隨著城裡的殘酷暴君與叢林中的溫和聖人這個傳說不斷蔓延，人民也愈來愈快樂。在這齣他們心知肚明的大戲裡——這齣不管任何地方任何人都能理解也都會鼓掌喝采的大戲裡，他們都是全職的演員。」

「於是生活就成了藝術品。」我驚嘆道。

「是的。只除了一個問題。」

「哦？」

「這齣大戲對馬卡比和布克農兩位主角造成很大的影響。年輕時，他們很相像，都是半天使、半海盜的人物。

「但這齣戲卻讓布克農的半海盜與馬卡比的半天使漸漸消逝。為了島民的幸福，馬卡比和布克農都付出痛苦的代價——馬卡比得知身為暴君的痛苦，而布克農得知身為聖人的痛苦。他們兩人，為了所有實際的目的，最後都發瘋了。」

朱利安．卡索的左手食指彎成鐵勾狀。「然後，真的有人開始死在太─意─刮上。」

「可是布克農從沒被抓到嗎？」我問。

「馬卡比還沒瘋到那個地步。他從來沒認真去抓布克農。不然，要逮到他其實很容易。」

「他為什麼不抓他呢？」

「馬卡比還有足夠的理性，他知道少了這個與他對抗的聖人，自己也會變得毫無意義。『爸爸』孟札諾同樣清楚這點。」

「現在還有人死在鐵勾上嗎？」

「那絕對會要人命的。」

「我是說，」我說：「『爸爸』真的用那種方式處死人嗎？」

「每隔兩年他就處死一個──以免法令形同虛設。」他嘆了口氣，仰望夜空，「忙，忙，忙。」

「什麼？」

「我們布克農教徒，」他說：「只要感覺到四周有許多神祕難解的事，我們就會這樣說。」

「你？」我訝異地說：「也是布克農教徒？」

他注視著我的眼睛。「你也是。你會發現的。」

# 80 瀑布濾網

安琪拉、紐頓、朱利安與我一起待在懸挑露台上，我們喝著雞尾酒。法蘭克依然毫無音訊。

安琪拉和紐頓看來都很能喝。朱利安告訴我，年輕時的放蕩生活害他失去一顆腎，所以，雖然他很不情願，也只能被迫喝著薑汁汽水。

安琪拉在幾杯下肚之後，抱怨起整個世界如何欺騙了她的父親。「他付出這麼多，他們卻回報他那麼少。」

我要她舉例說明世界對她父親有多小氣，她果真跟我講了幾個。「他的研究每得到一項專利，通用鑄鐵公司就會給他四十五元紅利，」她說：「就跟公司裡其他人得到的專利紅利一樣。」她悲哀地搖搖頭。「四十五元──想想看那些專利是什麼！」

「嗯，」我說：「我想他也有薪水吧。」

「他的年薪最高只有兩萬八千元。」

「我得說，那已相當高了。」

她氣急了。「你知道電影明星賺多少錢嗎？」

「很多，有時候，」

「你知道——卜瑞博士的年薪比父親多一萬元嗎？」

「那確實很沒公理。」

「我已經厭倦了沒有公理。」

她的忿忿難平讓我不得不改變話題。我問朱利安．卡索，他認為被他丟到瀑布裡的那幅畫，現在變成怎樣了。

「瀑布底下有個小村莊，」他告訴我：「大概五到十戶人家吧。那是『爸爸』孟札諾的出生地。瀑布就結束在那裡的一個大石碗裡。

「村人用雞籠的鐵絲做了一張網，蓋在石碗的槽口。水從槽口流出，變成一條溪。」

「所以，你認為紐頓的畫現在就卡在那張網裡嗎？」我問。

「也許你還沒注意到——這是個貧窮的國家。」朱利安．卡索說：「任何東西在那網裡都留不了太久。我想紐頓的畫已經被放到太陽下晾乾了，還有我的雪茄菸蒂。四呎見方的上膠帆布、畫框的四根斜接木棍、幾顆圖釘和一根雪茄。這些東西，對某個很窮的人來說，算是很好的收穫了。」

「每次，只要我想到某些人得到那麼高的報酬，但他們給父親的薪資卻那麼少，」安琪拉說：「我就很想尖叫。而他付出了那麼多。」她似乎快哭出來了。

「別哭。」紐頓溫和地求她。

「有時候我就是忍不住。」她說。

「去拿妳的單簧管來，」紐頓慫恿道：「會有用的。」

剛開始，我覺得這是很可笑的建議，但是，看到安琪拉的反應，我立刻意識到他的建議有多認真而實際。

「碰上這種情形，」她對我和朱利安．卡索說：「有時候，就只有吹單簧管才能讓我平靜下來。」

不過她不好意思立刻去拿她的單簧管。我們必須央求她吹奏，而她也必須再多喝兩杯。

「她真的吹得很棒。」小紐頓保證道。

「我很想聽妳吹。」朱利安．卡索說。

「好吧，」安琪拉終於蹣跚起身，「好吧——我吹。」

等她走開後，紐頓為她致歉。「她這陣子過得很糟。她需要休息。」

「她病了嗎？」我問。

「她丈夫虐待她。」紐頓說。他告訴我們，他痛恨安琪拉那個年輕英俊的丈夫，那個光鮮成功的哈里森．康那，非布科技的總裁。「他很少回家——偶爾回來，也是喝得爛醉，而且全身都是口紅印。」

「聽她的口氣，」我說：「我還以為她過著幸福美滿的婚姻。」

小紐頓張開雙手，相隔大約六吋，伸展手指。「看到貓了嗎？看到搖籃了嗎？」

# 81 火車行李搬運工之子的白人新娘

我不知道從安琪拉的單簧管裡會吹出什麼東西。沒有人想像過那可能會是什麼。我以為會是某種悲慘的曲調，但我沒想到，竟會有那麼深沉、強烈、讓人幾乎無法忍受的病態美。

安琪拉把單簧管舔濕溫熱，但沒吹半個預備音。她的眼睛蒙上一層光彩，瘦長的手指熟練地繞過無聲的鍵。

我焦慮地等待著，想起馬文・卜瑞對我說過的話：安琪拉逃脫她那以父親為中心的無趣生活的唯一方法，就是回到她的房間，鎖上房門，伴著唱片一起吹奏。

紐頓在露台邊房的唱機放上一張唱片。他拿著唱片封套走回來，將封套遞給我。唱片的名稱是《貓屋鋼琴》，梅德・路克斯・路易斯的鋼琴獨奏。

安琪拉為了培養情緒，好更加融入旋律當中，一開始並未加入伴奏，而是先讓路易斯獨奏一曲。我則趁機讀了一下唱片封套上的路易斯簡介。

「路易斯先生一九〇五年生於肯塔基州的路易斯維爾，」我讀著：「十六歲生日過後才轉朝音樂發展，當時父親給他的樂器是小提琴。一年之後，路易斯湊巧聽到吉米・楊西的鋼琴演奏。路易斯回想道：『這才是真正的音樂。』」我繼續往下看：「路易斯不久靠著自學學會演奏爵士鋼琴，並從楊西那裡吸取了一切。直到楊西去世為止，他都是路易斯的摯友和偶像。由於路易斯的父親是個火車行李搬運工，」我繼續讀：「路易斯一家住在鐵路附近。火車的節奏自然融入了小路易斯的音樂裡，他並據此編寫出如今已成為經典的一種爵士樂，稱之為『酒館火車藍調』。」

我抬起頭來。唱片上的第一首曲子已彈奏完畢。唱針慢慢刮過空白處，落在第二首曲子上。我從封套中獲知，第二首樂曲為〈龍之藍調〉。

梅德．路克斯．路易斯只彈了四小節——安琪拉．霍尼克便加入了。

她的雙眼緊閉。

我目瞪口呆。

她棒透了。

她即興地應和著這位火車行李搬運工之子的樂曲。從流水般的抒情曲調到急促的激情，由受驚孩童尖銳的跳躍，到女英雄的夢魘。

她的滑奏訴說了天堂、地獄以及兩者之間的一切。

這樣一個女人竟能吹奏出這樣的音樂，我只能說，她若不是精神分裂，就是被惡魔附身了。

我的汗毛直豎，彷彿安琪拉在地上翻滾、口吐白沫、喃喃念著流利的巴比倫語。

音樂結束時，我尖聲對著同樣嚇呆的朱利安．卡索說道：「老天爺！有誰能夠了解生命呢！即使是短短的一分鐘也好？」

「別試，」他說：「你只要假裝了解就好。」

「這——這是個很好的忠告。」我渾身虛脫。

朱利安．卡索引述另一首詩：

老虎必須獵食，
鳥必須飛；
人必須坐著思考：「為什麼，為什麼，為什麼？」
老虎必須睡，
鳥必須著陸；
人必須告訴自己他了解。

「哪來的詩？」我問。

「當然是《布克農之書》，不然還有哪裡呢？」

「我很想找一本來看看。」

「這書不好找。」朱利安說：「只有手抄本，沒有發行版。而且，因為布克農每天都會增加一點東西，當然也就沒有所謂的完整本。」
小紐頓嗤之以鼻地說：「宗教！」
「你剛說什麼？」朱利安問。
「看到貓了嗎？」紐頓問：「看到搖籃了嗎？」

# 82 札—馬—季—布

法蘭克・霍尼克少將沒有回家吃晚餐。

他打電話回來，堅持只和我一人說話。他告訴我他守在「爸爸」的床畔，說「爸爸」正在承受劇烈的疼痛，接近垂死邊緣。法蘭克的語氣聽來害怕又孤單。

「聽著，」我說：「我還是回飯店去，等這個危機過去之後，你和我再好好聚聚吧。」

「不，不，不行。你就待在那裡！我要你待在我可以立刻找到你的地方！」他對於我要溜出他的掌握感到恐慌。我想不出他為什麼對我這麼有興趣，所以我也開始慌了。

「你可不可以提示一下，為什麼你要找我？」我問。

「在電話上不能說。」

「是關於你父親嗎？」

「是關於你。」

「我做過什麼嗎？」

「是你正要去做的事。」

我聽到法蘭克那頭傳來母雞的咯咯叫聲。我聽到一扇門打開，木琴聲從另一個房間傳來。

又是〈一日將盡〉的曲調。然後那扇門關起，我也聽不到音樂了。

「如果你能給我一點提示，一點點就好，告訴我你到底要我做什麼，我會感激不盡——那樣我才能有點心理準備。」我說。

「札—馬—季—布。」

「什麼？」

「那是個布克農詞彙。」

「我不知道任何布克農詞彙。」

「朱利安．卡索在那兒嗎？」

「在。」

「問他吧。」法蘭克說：「我得走了。」他掛上電話。於是我問朱利安．卡索什麼是札—馬—季—布。

「你要簡答還是完整的答案？」

「先從簡答開始吧。」

「命運——無可避免的命運。」

# 83 凡柯尼梭大夫達到平衡點

晚餐時，我跟朱利安．卡索提到「爸爸」的劇痛，他說：「癌症。」

「什麼癌？」

「所有的癌。你說他今天在檢閱台上倒下了？」

「沒錯。」安琪拉說。

「那是吃藥的後遺症。」朱利安宣稱：「他已經到了藥效和痛苦幾乎完全抵銷的程度。再吃藥只會殺了他。」

「要是我，我就會自殺。」紐頓喃喃說道。他坐在一張摺疊式的高椅上，每次出門旅行他都會隨身攜帶。那張椅子是用鋁管和帆布製成。他邊豎直椅子邊說：「這比坐在厚字典、地圖集或電話簿上好多了。」

「馬卡比下士就是那麼做的。」朱利安說：「他指定他的大管家當繼承人之後，就舉槍自殺了。」

「也是癌症嗎？」我問。

「不確定，但我想不是。我猜，是他當壞人當膩了。那都是我來這裡之前的事了。」

「這真是一段有趣的對話。」安琪拉說。

「我想大家都會同意這的確很愉快。」朱利安說。

「嗯，」我對他說：「我想，你有理由比其他人感到更愉快吧，看看你做的一切。」

「你知道，我也曾有過一艘遊艇喔。」

「我不明白你的意思。」

「擁有一艘遊艇，也是很多人感到愉快的理由啊。」

「既然你不是『爸爸』的醫生，那他的醫生是誰呢？」我問。

「是我的一個人員，史利屈・凡柯尼梭大夫。」

「德國人嗎？」

「算是吧。他在納粹的黨衛軍裡待了十四年，又在奧許維茲集中營當了六年醫生。」

「所以他是來叢林希望與慈悲之家贖罪的嗎？」

「是的，」朱利安說：「而且很有建樹，救了不少性命。」

「真不錯。」

「是啊。以他目前的速度繼續努力下去，日夜不停地工作到三〇一〇年，他拯救的人數就會和他害死的人數一樣了。」

這就是我的另一名卡拉斯成員：史利屈・凡柯尼梭大夫。

# 84 熄燈

晚餐過後三小時，法蘭克仍未返家。朱利安．卡索告退，返回叢林希望與慈悲之家。安琪拉、紐頓和我坐在懸挑露台上。下方玻利瓦的夜景十分怡人。孟札諾機場大樓的屋頂上，有一具發亮的巨型十字架，在馬達的控制下緩緩轉動。

島上仍有其他明亮之處，在我們北邊。山丘阻隔了我們的視線，但是我們可以看見映照在天際的光亮。我問法蘭克．霍尼克的大管家史坦利，那些亮光是從哪來的。

他順著逆時鐘方向一一指出。「叢林希望與慈悲之家，『爸爸』的皇宮，和耶穌堡。」

「耶穌堡？」

「士兵接受訓練的地方。」

「是根據耶穌基督命名的嗎？」

「當然。有何不可？」

北方又出現另一圈光球，而且愈來愈亮。我還沒來得及開口發問，就看出那是正在爬上山脊的車頭燈。車頭燈朝我們駛來，是屬於某個護衛隊的。

這支護衛隊包括五輛美製陸軍卡車。駕駛艙頂上架設著機槍。

護衛隊停在法蘭克的車道上。士兵們隨即下車，在地上開始工作，挖掘散兵坑和機槍洞。

我和法蘭克的大管家一起出去，詢問負責的軍官是怎麼一回事。

「我們奉命保護聖羅倫佐的下一任總統。」軍官以島上的方言說。

「他現在不在這裡。」我告訴他。

「我什麼都不知道。」他說：「我收到的指令是在這裡挖戰壕。我只知道這個。」

我對安琪拉和紐頓說了這事。

「你想真會有危險嗎？」安琪拉問我。

「在這裡，我也是個陌生人。」我說。

這時突然停電了。聖羅倫佐的每一盞電燈全都熄滅。

# 85 全是佛瑪

法蘭克的僕人為我們拿來油燈，告訴我們電力中斷在聖羅倫佐很常見，無須驚慌。不過，我還是有些不安，因為法蘭克跟我提了我的札－馬－季－布。

他讓我覺得，我的自由意志似乎就和被送到芝加哥屠宰場圍欄裡的小豬一樣，無關緊要。

我再次想起伊連市那尊石頭天使。

我傾聽屋外的士兵——聽他們在鏗鏘聲和低喃聲中賣力工作。

我無法集中注意力聽安琪拉和紐頓談話，雖然他們的話題相當有趣。他們告訴我，他們的父親有個面貌神似的孿生弟弟，他們從未見過他。他的名字是魯道夫。上回聽到他的消息時，他是瑞士蘇黎世的音樂盒製造商。

「父親幾乎不曾提過他。」安琪拉說。

「父親幾乎不曾提過任何人。」紐頓說。

他們說，老頭子還有個妹妹，名叫茜利亞。她在紐約雪爾特島養殖大型雪納瑞犬。

「她每年都不忘寄聖誕卡來。」安琪拉說。

「上面永遠是大型雪納瑞的照片。」小紐頓說。

「不同的人在不同的家裡就會造就出不同的人生，想來實在很有趣。」安琪拉說。

「沒錯，說得好。」我同意道。我向兩個同伴告退後，問總管史坦利，屋裡會不會正好有本《布克農之書》。

史坦利假裝聽不懂我在說什麼。他接著咕噥說《布克農之書》是本壞書，堅持任何讀這本書的人都應該送上鐵勾處死。然後他才從法蘭克的床頭櫃上拿書來給我。

這本書相當厚重，相當於一部完整版的字典。全是手寫的。我將書搬到我的臥室，放在我那張石床架的海綿床墊上。

由於沒有索引，我很難找到有關札—馬—季—布的提示。事實上，那天晚上毫無結果。我得知一些事實，但幫助不大。例如，我得知布克農教的宇宙進化論。根據書上的說法，太陽波拉西西將月亮帕布抱在懷中，希望帕布為他生一個火孩兒。

可憐的帕布卻生下冰冷而無法燃燒的子女，於是波拉西西厭惡地全扔掉了。這些子女便是行星，在安全的距離之外繞著它們的父親旋轉。

可憐的帕布也遭到拋棄。她跑去和她最鍾愛的孩子，地球，住在一起。帕布之所以鍾愛地球，是因為它上面住了人。人們會仰望她，愛戀她，同情她。

布克農對他自己的宇宙進化論有何看法？

佛瑪！謊言！他寫道：全是佛瑪！

# 86 兩個小保溫壺

很難相信我竟能睡著，但我想必是睡著了——否則，我怎會發現自己被一連串的砰砰響和流洩而入的燈光驚醒？

我在第一聲砰響後立刻滾下床，像義勇消防隊員般不加思索地衝向房屋中心。

我發現自己幾乎迎頭撞上分別從自己床上衝出的紐頓和安琪拉。

我們全都緊急剎車，心驚膽戰地分析四周那些夢魘般的聲響，慢慢認出那是來自收音機，來自電動洗碗機，來自一具幫浦——它們全因為電力恢復而重新運作。

我們三人都還足夠清醒，知道眼前的畫面非常好笑，對那看似會危及生命但其實不然的情況，我們都表現出合乎人性的反應。為了表示我可以控制自己幻想中的命運，我關上了收音機。

我們忍不住笑了起來。

為了保住面子，我們搶著成為人性最偉大的學生，奪下最富機智幽默的寶座。

紐頓的反應最快，他指著我的手，我的手中握著護照、皮夾和手表。我根本不知道，在我以為正要面對死亡的那一刻，自己到底抓了什麼——我完全沒意識到手上抓著任何東西。

我在大笑聲中反問安琪拉和紐頓怎麼都抓著一個小保溫壺，一模一樣的紅灰色水壺，大約可裝三杯咖啡。

他們也沒意識到自己抓了水壺。當他們發現手中握著水壺時，都感到十分震驚。

外頭傳來更多乒乒乓乓的聲音，為他倆省去解釋的麻煩。我得立刻找出那些聲音到底從何而來。我內心七上八下，就和先前的恐慌同樣沒來由。我開始進行調查。原來是法蘭克．霍尼克在屋外笨拙地弄著一輛卡車上的馬達發電機。

那部發電機就是我們屋裡電力的新來源。為發電機提供動力的瓦斯馬達正在回火冒煙。法蘭克努力想修好它。

宛如天仙的孟娜陪在他旁邊。她用一如尋常的嚴肅表情望著他。

「老天，我有消息要告訴你！」他對我吼著，帶頭走進屋裡。

安琪拉和紐頓還待在客廳，不過已經把他們珍貴的熱水壺拿進去收好了。

當然，裝在那兩只水壺裡的，正是菲利克斯．霍尼克博士的部分遺物，也是我這個卡拉斯的黃枇脫，冰－九晶片。

法蘭克拉我到一旁。「你有多清醒？」

「前所未有的清醒。」

「我希望你真的很清醒，因為我們立刻就得談一談。」

「那就開始談吧。」

「我們得找個隱密的地方。」法蘭克叫孟娜自己找個地方隨便坐。「如果我們需要妳，我們會叫妳的。」

我魂不守舍地注視著孟娜，覺得自己從未像此刻需要她那樣需要過任何人。

# 87 我的調調

說到這個法蘭克·霍尼克，他是個臉孔瘦削，說話聲音像玩具笛子，可信度也像玩具笛子的孩子。我曾聽說過，在軍中有某某人，說話有氣無力的，好像直腸是用紙紮的，稍微用力就會破掉。這個某某人就是霍尼克少將。可憐的法蘭克，他的童年生活就像是個X—九祕密情報員，幾乎沒和任何人說過話。

這下子，他希望自己真誠且具有說服力，於是他先和我扯些有的沒的，例如：「我喜歡你的調調！」還有，「我要和你開門見山地談，男人對男人的！」

於是，他帶我到他口中的「私室」，好讓我們「……開誠布公，化解一切神祕」。

我們走下切進懸崖的石階，進入瀑布下方的一處自然洞穴。洞穴裡有兩張繪圖桌、三張淡色簡約的北歐椅子、一個擺滿建築書籍的書架——有德文、法文、芬蘭文、義大利文和英文書。

洞裡燈光通明，只不過所有電燈都隨著馬達發電機的喘息聲閃爍。

關於這個洞穴，最特別的一點是牆上畫滿了圖畫，就像幼稚園孩童的畫作一般，充滿粗略大膽的線條，用泥土、木炭、紅土這類早期人類的顏料畫出。我不必問法蘭克這些畫有多古老。單是從描繪的主題，就可以看出做畫的日期。那些畫並非哺乳動物、劍齒虎或酒神洞穴裡的熊。

那些畫全是孟娜・艾夢・孟札諾仍是小女孩時畫的。

「這裡——這裡是孟娜父親工作的地方嗎？」我問。

「沒錯。他就是設計叢林希望與慈悲之家的那個芬蘭人。」

「我知道。」

「我帶你到這裡不是要談這個。」

「你要談的是關於你父親的事嗎？」

「是關於你。」法蘭克伸手按著我的肩膀，直視我的眼睛。這讓我感到害怕。法蘭克原本是想激發我的同袍之情，可是我覺得他的頭看起來像怪異的小貓頭鷹，棲息在高聳的白柱上，因光線而眩目。

「我想你最好直說吧。」

「沒必要拐彎抹角。」他說：「我很會看人的個性，希望這麼說不算太自大，不過我真的很喜歡你的調調。」

「謝謝。」

「我想我們會合得來。」

「我一點也不懷疑。」

「我們兩人有共通點。」

他的手抽離我的肩膀，我暗自慶幸。他接著雙手絞扣在一起，就像緊緊嵌合的齒輪。我想，其中一手代表他，另一手則代表我。

「我們彼此需要。」他絞扭著手指，讓我看清齒輪如何運轉。

我雖然保持一臉友善，卻說不出話來。

「你明白我的意思嗎？」最後法蘭克說。

「你和我——我們要一起做某件事嗎？」

「沒錯！」法蘭克拍拍手，「你是個見多識廣的人，習慣面對大眾；我卻是個技術人員，習慣躲在幕後工作，監督一切。」

「你怎麼可能知道我是怎麼樣的人呢？我們才剛認識呀。」

「你的衣著，你說話的口氣。」他又伸手按住我的肩膀，「我喜歡你的調調。」

「這你說過了。」

法蘭克急著要我完成他的想法，而且我必須表現得非常熱切，但是我依然一頭霧水。「你的意思是……你要提供我一份工作，在聖羅倫佐這裡？」

他拍一下手。他很高興。「沒錯！年薪十萬，你看如何？」

「我的天！」我叫道：「這麼高的年薪，我得做什麼呢？」

「實際上什麼都不必做。每天晚上還可以用金杯喝酒，用金盤吃飯，還有完全屬於你自己的宮殿。」

「什麼工作？」

「聖羅倫佐共和國的總統。」

# 88 為何法蘭克不能當總統

「我？總統？」我倒抽一口氣。

「除了你還有誰呢？」

「你瘋了！」

「別跟我說不，你先認真地想一想。」法蘭克焦慮地望著我。

「不！」

「你還沒認真想過呀。」

「不用想我也知道，這太瘋狂了。」

法蘭克又在絞手指了。「我們會一起工作。我會一直在背後支持你。」

「好。所以說，如果我在前面被幹掉了，你也不能倖免，對吧？」

「什麼是幹掉？」

「射殺！刺殺！」

法蘭克一臉困惑。「為什麼有人想射殺你？」

「那樣他才能當總統呀！」

法蘭克搖搖頭。「在聖羅倫佐沒人想當總統，」他向我保證，「那違反他們的宗教。」

「那也違反你的宗教嗎？我還以為下一任總統是你呢。」

「我……」他開了口，卻不知如何往下說，一臉茫然。

「你什麼？」我問。

他面對遮擋在洞口的水簾。「我認為，」他說：「成熟的意思就是知道自己的局限。」

他對成熟的定義與布克農相去不遠。布克農告訴我們：「成熟是一種無可補償的苦澀失望，除非笑聲可算是一種補償。」

「我知道我的局限，」法蘭克繼續說道：「我的局限和我父親一樣。」

「哦？」

「我有很多很好的主意，和我父親一樣。」法蘭克對著我和瀑布說：「可是他沒辦法面對大眾，我也不行。」

# 89 達福

「你會接受這份工作吧？」法蘭克焦慮地問。

「不會。」我說。

「那你知道有誰可以接下這份工作嗎？」法蘭克為我示範了布克農所謂的「達福」。對布克農教徒而言，達福指的是成千上萬人的命運操縱在一個「史都巴」手中。史都巴是一個身陷迷霧中的孩子。

我大笑。

「有什麼好笑嗎？」

「我笑的時候請別管我。」我央求他：「在那方面，我是個討人厭的變態。」

「你是在笑我嗎？」

「不是。」我搖搖頭。

「你發誓？」

「我發誓。」

「以前，人們一天到晚嘲笑我。」

「那一定是你自己胡思亂想。」

「他們老是對我亂叫亂吼。那可不是我自己想像的。」

「人有時會很殘忍，但不是有心的。」我說。關於這句話的真實性我可不想發誓。

「你知道他們以前都叫我什麼嗎？」

「不知道。」

「他們都叫我：『嘿，X－九，你要去哪裡？』」

「那聽起來不會太糟啊。」

「他們以前就是這麼叫我的，」法蘭克生氣地回憶道：「祕密情報員X－九。」

我沒告訴他這我已經知道了。

「X－九，你要去哪裡？」法蘭克又重複一次。

我想像著那些嘲弄者的長相，想著「命運」最終會將他們帶往何方。那些曾對法蘭克吼叫的促狹鬼想必已在通用鑄鐵公司，在伊連電力公司，在電話公司等等，做著死氣沉沉的工作了。

然而在這裡，我的老天，那個祕密情報員X－九居然變成少將，還提議要讓我當國王……在被熱帶瀑布遮蓋的洞穴裡。

「如果當時我真的停下來，告訴他們我要去哪裡，他們一定會很吃驚。」

「你是說，你有預感最後會來這裡嗎？」這是個布克農教徒式的問題。

「我只是要去傑克的模型店。」他淡淡地說。

「噢。」

「他們都知道我要去那裡，只是他們不知道我究竟在那裡做什麼。如果他們發現那裡的實情——尤其是女孩子，他們會很吃驚的。她們總認為我對女孩一無所知。」

「那實情是什麼呢？」

「我每天都和傑克的老婆做愛。所以我高中時才會一天到晚打瞌睡。所以我才從未將潛力完全發揮出來。」

他將自己從那髒汙的回憶中喚醒。「來吧。當聖羅倫佐的總統吧。以你的個性，你會勝任愉快的。拜託？」

# 90 只有一個圈套

那夜晚，那洞穴，那瀑布——還有在伊連的那尊石頭天使……

二十五萬根香菸和三千夸脫酒精，兩任妻子或沒有妻子……

不管哪裡，都沒有愛在等待我……

喝墨水、賣文章的不安定生活……

月亮帕布、太陽波拉西西和它們的子女……

這一切攜手共謀，構成一個宇宙分第，用力將我推向布克農教，接受上帝支配我的人生，接受祂託付的工作。

在我心中，我「沙倫」了——也就是說，我默認了我的分第的要求。

在我心裡，我已同意成為聖羅倫佐的下一任總統。

但表面上，我仍猜疑而防衛。「一定有什麼圈套，」我閃避道。

「沒有。」

「會有選舉嗎？」

「從沒有過。我們只要宣布新總統是誰就可以。」

「也沒人會反對？」

「沒人會反對任何事。他們不感興趣，也不在乎。」

「一定有什麼圈套！」

「可以說有一個吧。」法蘭克承認。

「我就知道！」我開始從我的分第退縮，「是什麼？什麼圈套？」

「呃，其實也不算是圈套。你要是不想，你可以不必做的。不過，那會是個好主意。」

「讓我們聽聽那個好主意是什麼吧。」

「呃，如果你要當總統，我想你真的應該和孟娜結婚。不過，如果你不想，你可以不必那麼做。由你自己決定。」

「她會要我嗎？」

「既然她肯要我，她會要你的。你只要問她就可以。」

「為什麼她會答應？」

「因為在《布克農之書》的預言中，她將嫁給聖羅倫佐的下一任總統。」法蘭克說。

# 91 孟娜

法蘭克帶孟娜到她父親的洞穴裡，留下我們獨處。

起初我們的交談有些困難。我有些羞怯。

她的罩袍是半透明的。她的罩袍是天青色的。樣式簡單，以薄紗輕輕繫在腰際。其餘便是孟娜自身的線條了。她的胸如石榴或隨你怎麼說，總之是完美年輕女子的胸。

她的腳完全裸露。腳指甲經過細心修剪。簡便的涼鞋是金色的。

「妳——妳好吧？」我問。我的心砰砰直跳，兩耳發燙。

「不可能犯錯的。」她對我保證道。

當時我並不知道這是布克農教徒的慣用語，當他們碰到害羞的人，就會用這句話問候對方。於是，不知情的我，便熱切地討論起可不可能犯錯這個問題。

「老天，妳不知道我已經犯了多少錯。現在在妳眼前的，正是世界犯錯冠軍。」我脫口劈哩啪啦地說了一串，「妳知道剛才法蘭克跟我說什麼嗎？」

「關於我嗎？」

「關於一切，尤其是關於妳。」

「他告訴你，只要你想，你可以擁有我。」
「是的。」
「那是真的。」
「我、我、我……」
「如何？」
「我不知道接下來該說什麼。」
「布克─瑪路會有幫助的。」她建議。
「什麼？」
「脫掉你的鞋子。」她命令道，同時極其優雅地脫了她自己的涼鞋。

我是個見多識廣的男人，根據我的統計，我曾有過不下五十三個女人。可以說，我見過女人以各種可能的方式寬衣解帶。我見過最後一幕時，帘幔以各種不同的方式拉開。

然而，這個令我不由自主發出呻吟的女人，這絕無僅有的一個，卻只脫掉她的涼鞋。

我試著鬆開鞋帶。沒有哪個新郎會比我更笨拙。我脫掉一隻鞋子，另一隻的鞋帶卻打得更死。一隻拇指的指甲卡在死結上，斷了。最後，我硬是從繫緊鞋帶的鞋子裡抽出腳來。

接著我脫下襪子。孟娜已經坐在地板上，兩腿平伸，渾圓的雙臂撐在身後，頭向後仰，雙眼緊閉。

現在該由我來完成我的第一次、我的第一次、我的第一次，上帝呀……

布克─瑪路。

# 92 詩人歡慶第一次的布克—瑪路

以下並不是布克農的話，而是我寫的：

甜蜜的鬼魂，
隱形的迷霧……
我是——
我的靈魂——
久患相思的鬼魂，
孤獨已久：
能否遇見另一甜蜜靈魂？
長久以來，
我對兩個心靈
會在哪裡交會
總抱著錯誤認知。

我的腳底，我的腳底！
我的靈魂，我的靈魂，
去吧，
甜蜜的靈魂；
去親吻。
嗯……

# 93 差點失去孟娜

「你現在覺得跟我說話比較容易了嗎？」孟娜問。

「我好像已經認識妳幾千年了。」我坦承。我泫然欲泣。「我愛妳，孟娜。」

「我愛你。」她簡單地說。

「法蘭克真是個傻子！」

「哦？」

「竟會放棄妳。」

「他並不愛我。他是因為『爸爸』要他娶我才不得不接受的。他愛的是別人。」

「誰？」

「他在伊連認識的女人。」

那個幸運的女人一定是傑克模型店的老闆娘。「他告訴妳的嗎？」

「今晚，當他放我自由，要我和你結婚時。」

「孟娜？」

「什麼？」

「妳——妳的生命中還有別人嗎？」
她很困惑。最後她說：「很多。」
「妳愛的人？」
「我愛每個人。」
「像——愛我一樣嗎？」
「是的。」她似乎不明白這回答可能令我困惱。
我站起身，坐在椅子上，開始穿上鞋襪。
「我想妳、妳做、妳也和別人——做我們剛才做的事，對吧？」
「布克—瑪路嗎？」
「布克—瑪路。」
「當然。」
「從現在起，我要妳只和我一個人做這件事。」我宣布。
淚水湧滿她的雙眼。她喜歡自己的雜婚，她很氣我竟然想讓她覺得那是丟臉的事。「我讓人們快樂。愛是好的，不是壞的。」
「身為你的丈夫，我要妳將所有的愛只給我一個人。」
她瞪大眼睛望著我。「辛瓦！」
「妳說什麼？」

「辛瓦！」她喊道：「想要擁有某人全部的愛的男人。那很糟。」

「就婚姻而言，我認為那是很好的。也只能這樣。」

她仍坐在地板上，而我已經穿好鞋襪，站起身來。我覺得自己很高，雖然我並不很高；我覺得自己很強壯，雖然我並不很強壯；我敬重自己的聲音。我的聲音有種前所未有的威嚴。

我繼續以這種威嚴的口氣說話，我意識到發生了什麼事：我已經開始統治了。

我告訴孟娜，我剛到這裡不久，就在檢閱台上看到她對某個飛行員做一種垂直式的布克—瑪路。「妳不能再和他有任何瓜葛，」我告訴她：「他叫什麼名字？」

「我根本不知道。」她低聲說。頭垂了下來。

「還有妳的菲利・卡索？」

「你是說布克—瑪路？」

「我說的是每件事情。據我所知，你們兩個是一起長大的。」

「是的。」

「布克農教過你們兩人？」

「是的。」這回憶再次令她神采飛揚。

「我想在那段時間，你們一定常常布克—瑪路吧。」

「噢，是的！」她快活地說。

「妳也不能再見他。明白了嗎？」

「不。」

「不？」

「我不會嫁給一個辛瓦的，」她站起身，「再見。」

「再見？」我被擊垮了。

「布克農說，必須對每個人施予同等的愛，不然就是大錯特錯。你的宗教是怎麼說的？」

「我、我不信教。」

「我信。」

我已停止統治了。「我看得出來。」我說。

「再見了，沒有宗教的人。」她走向石梯。

「孟娜……」

她停下腳步。

「如果我想，我也可以信妳信的教嗎？」

「當然。」

「我想。」

「很好。我愛你。」

「我也愛妳。」我嘆道。

# 94 最高的山

就這樣，我在天明之時便與全世界最美的女人訂婚了。我也同意當聖羅倫佐的下一任總統。

「爸爸」還沒死。法蘭克認為，假使可能的話，我最好能得到「爸爸」的祝福。於是，當太陽波拉西西升起後，法蘭克和我便從保護下任總統的護衛隊要來吉普車，開往「爸爸」的城堡。

孟娜留在法蘭克家中，我神聖地親吻她後，她便神聖地入睡了。

法蘭克和我開車駛上山丘，穿過生長野咖啡樹的樹林。五光絢爛的日出在我們的右方。

就在日出的陽光中，我體會到本島最高峰——馬卡比山的威嚴壯麗。那是座令人畏懼的山峰，看起來像一頭藍鯨，背脊上突起一顆怪異的石塊成了山巔。以藍鯨的尺寸而言，那塊突出的石頭就好像折斷的魚叉，與整座山脈似乎毫無關聯，因此我問法蘭克那是不是人造的。

他說那完全是自然形成的。而且，據他所知，還沒有人攀上過馬卡比山丘的峰頂。

「看起來並不難爬呀。」我說。除了那塊突出的岩石，這座山看起來並不比法院的台階更嚇人。而那個突出的石塊，至少遠遠看過去好像附有坡路和岩架，應該不難爬才對。

「它是座聖山或之類的東西嗎？」我問。
「或許曾經是吧。但在布克農出現後就不是了。」
「那麼為什麼還沒人爬過呢？」
「沒什麼人想爬吧。」
「或許我會去爬一趟。」
「請便。沒人會制止你。」
我們沉默地開著車。
過不久，我問：「對布克農教徒來說，什麼是神聖的？」
「連上帝也不是神聖的，據我所知。」
「沒任何東西嗎？」
「只有一樣東西吧。」
我胡亂猜測。「海洋嗎？太陽？」
「人。」法蘭克說：「只有人。」

# 95 我看到鐵勾

我們終於駛抵城堡。

城堡低矮、漆黑、殘酷。

城牆的堞口依然伸出古老的大砲。藤蔓和鳥巢塞住砲眼，堞口和發射口也無法倖免。

胸牆的北邊是險峻懸崖的陡坡，懸崖直下六百呎便是溫暖的海洋。

這座城堡也提出了所有類似巨石堆都曾提出的問題：矮小的人類究竟是如何移動這麼大的石塊？而它也和所有類似的巨石堆一樣，自己回答了問題：是愚蠢的恐懼逼著人們搬動這些巨大的石塊。

這座城堡是根據聖羅倫佐皇帝之令建造的，皇帝名叫唐—邦瓦，是個精神錯亂的瘋子，也是逃脫的奴隸。據說他是在兒童圖畫書裡找到這座城堡的設計藍圖。

那肯定是本非常殘酷的書。

就在抵達宮殿大門之前，我們駛過生鏽的拱門——由兩根電線桿和架在上方的一根橫樑構成。

在橫樑中間，垂下巨大的鐵勾，鐵勾上釘著告示牌。

告示牌上寫著：本勾專為布克農本人保留。

我轉頭再看一眼鐵勾，那根銳利的鐵器告訴我，我真的就要開始統治了。我要砍掉那根鐵勾！

我滿心欣慰地想著，我將成為堅定、公正、慈悲的統治者，而我的人民將會富足安康。

天命摩根。

海市蜃樓！

# 96 鐘、書和帽盒裡的雞

法蘭克和我無法立刻進去見「爸爸」。史利屈．凡柯尼梭大夫，負責照料「爸爸」的醫師，低聲說我們必須等上半小時左右。

因此，法蘭克和我就在「爸爸」套房外面的前廳等著，一個沒有窗戶的房間。這房間大約三十呎見方，擺了幾張又粗又硬的長條凳和一張橋牌桌。橋牌桌上放了個電扇。四面都是石牆，牆上沒有畫作或任何裝飾。

不過，牆上倒釘了一些鐵圈，離地大約六七呎高。我問法蘭克，這房間以前是不是刑囚室。

他說沒錯，而且我腳下踩的蓋子，就是死牢的出入口。

這間前廳裡有個坐立不安的守衛，還有一名基督教的牧師，準備在適當時機照應「爸爸」的精神需求。他帶著銅製晚餐鐘、鑽了很多小洞的帽盒、一本聖經，還有一把屠刀——全都放在他身旁的長條凳上。

他告訴我帽盒裡有隻活跳跳的雞。他說，這隻雞很安靜，因為他已經餵牠吃了鎮靜劑。

和所有過了二十五歲的聖羅倫佐人一樣，他看來至少有六十歲了。他告訴我，他是佛士．

胡曼那博士。一九二三年，在聖羅倫佐大教堂炸毀那刻，一根風琴管砸到他母親，他的名字就是這樣來的。他告訴我他不知道他父親是誰，口氣中沒一絲丟臉的意思。

我問他是屬於哪個基督教派的。根據我對基督教的了解，那隻雞和那把屠刀實在很新奇。

「至於那個鐘。」我評論道：「我倒能明瞭它可能有什麼用途。」

想不到他倒是個很博學的人。他拿出他的學位證書，請我檢查，他的博士學位由阿肯色州小岩城的西半球聖經大學所授予。他告訴我，他是透過《大眾機械》這本雜誌中的分類廣告和大學取得聯繫的。他說這所大學的座右銘，現在也是他的座右銘，可以解釋那隻雞和那把屠刀。那句座右銘如下：

賦予宗教生命！

他說，他一直是用自己的方式去了解基督教，因為天主教義、新教教義和布克農教義一樣，都是非法的。

「所以，在這種情況下，如果我想當個基督教徒，我就得編造許多新的東西。」

「左乙，」他以方言說：「奏哪重景空剎，如夠偶香叢懷一夠桂毒頭，偶奏迪碰做洗都鮮同西。」

史利屈・凡柯尼梭大夫走出「爸爸」的套房，他看來德國味十足，同時也非常累。「現在你們可以去看『爸爸』了。」

「我們會小心不讓他太累。」法蘭克保證。

「如果你能殺了他，」凡柯尼梭說：「我想他會很感激你的。」

# 97
# 臭基督徒

「爸爸」孟札諾帶著他那無情的病痛，躺在以金色小艇製成的床上——舵柄、槳架等等，全是鍍金的。他的床就是布克農那艘老帆船女拖鞋號上的救生艇。許多年前，正是這艘救生艇載著布克農和馬卡比下士到聖羅倫佐島。

房間的牆壁漆成白色，但是「爸爸」放射出來的疼痛既熾熱又鮮明，連牆壁似乎也沉浸在憤怒的火紅當中。

他上半身打著赤膊，發亮的腹肌糾結在一起。他的肚子如逆風的船帆般抖動。

他脖子上掛著鍊子，鍊子上懸了個圓筒，大小和來福槍的彈匣差不多。我以為那圓筒裡肯定裝了什麼幸運符。我錯了，圓筒裡裝了一片冰—九。

「爸爸」幾乎說不出話。他的牙齒打顫，呼吸完全不受他控制。

「爸爸」痛苦的頭在小艇的船首處，向後仰。

孟娜的木琴就放在床邊。顯然前一夜，她曾試著用音樂來紓解「爸爸」的痛楚。

「爸爸？」法蘭克低喚一聲。

「爸爸」喘息道：「再見。」他的兩眼突起，視而不見。

「我帶來一個朋友。」
「再見。」
「他將成為聖羅倫佐的下一任總統。他會比我更加勝任。」
「爸爸」低呼一聲：「冰！」
「他要冰，」凡柯尼梭開口道：「可等我們拿來，他又不要了。」
「爸爸」滾了滾眼珠。他放鬆頸子，將身體的重量從頭頂移開。然後他又立刻彎起脖子。
「不要緊，」他說：「誰是總統……」他話沒說完。
我替他說了：「聖羅倫佐的總統？」
「聖羅倫佐。」他同意道。強擠出一個難看的笑容，低聲說：「祝好運！」
「謝謝您。」我說。
我試著好好回答這句話。我記得，為了讓人民高興，布克農總是永遠被抓，卻也永遠抓不到。
「我會抓到他的。」
「告訴他……」
我貼近他，好聽清楚「爸爸」對布克農的指示。
「告訴他，我很後悔我沒殺他。」「爸爸」說。
「我會的。」

「你要殺他。」

「遵命。」

「爸爸」總算控制住他的聲音，用命令的口吻說：「我是說真的！」

我沒答腔。我並不急著殺死任何人。

「他教給人們一堆謊話、謊話、謊話。殺了他，告訴人們真相。」

「遵命。」

「你和霍尼克，你們教他們科學。」

「是的，我們會的。」我允諾。

「科學是萬能的。」

他閉了嘴，放鬆身體，闔上眼睛。然後他低聲說：「告別儀式。」

凡柯尼梭大夫叫佛士．胡曼那博士進來。胡曼那博士從帽盒抱出那隻被下過藥的雞，準備施行他所理解的基督徒告別儀式。

爸爸睜開一眼。「不是你，」他輕蔑地對胡曼那博士說：「出去！」

「什麼？」胡曼那博士問。

「我是布克農教徒。」「爸爸」嘶聲說：「出去，你這個臭基督徒。」

# 98 告別儀式

於是我有幸目睹了布克農教的告別儀式。

我們費盡九牛二虎之力，想在士兵和僕役當中找到一個人肯承認他知道這項儀式，也願意對「爸爸」施行。沒有人自告奮勇。鐵勾和祕密死牢就在眼前，這並不令人驚訝。

於是，凡柯尼梭大夫表示他願意接下工作。他從未施行過這項儀式，但他已經看朱利安·卡索做過好幾百次。

「你是個布克農徒嗎？」我問他。

「我認同布克農教徒的想法。我認為所有的宗教，包括布克農教在內，都只是謊言而已。」

「進行這樣一種儀式。」我問：「對你這種研究科學的人來說，會讓你困擾嗎？」

「我是個很糟的科學家。只要能讓人感覺好一點，我什麼都願意做，就算是很不科學的事情。能說出這種話的人，都不配稱為科學家。」

於是他爬上「爸爸」躺臥的金艇，坐在船尾。空間狹小，他不得不騰出單手擱在金舵上。

他只穿了涼鞋，沒穿襪子。脫掉涼鞋之後，他向上捲起床尾的蓋被，露出「爸爸」的光腳。他的腳底對準「爸爸」的腳底，擺出布克—瑪路的標準姿式。

# 99 上梯吵了你

「上梯吵了你。」凡柯尼梭大夫低吟道。

「賞梯鑿了逆。」「爸爸」孟札諾唱和。

他們說的是「上帝造了泥」，不過各以各的方言。有關方言連禱詞的紀錄，我就寫到這裡。

「上帝寂寞了。」凡柯尼梭說。

「上帝寂寞了。」

「於是上帝對一團泥說：『坐起來！』」

「於是上帝對一團泥說：『坐起來！』」

「上帝說：『看我造的一切：山、海、天空、星星。』」

「上帝說：『看我造的一切：山、海、天空、星星。』」

「我於是坐起來環顧四周的那團泥。」

「我於是坐起來環顧四周的那團泥。」

「幸運的我，幸運的泥。」

「幸運的我，幸運的泥。」淚水汨汨滾下了「爸爸」的臉頰。
「我，泥，坐起來看上帝造好的一切。」
「我，泥，坐起來看上帝造好的一切。」
「幹得好，上帝！」
「幹得好，上帝！」
「上帝，只有祢能這麼做！我可辦不到。」
「上帝，只有祢能這麼做！我可辦不到。」
「和祢相比，我覺得很卑微。」
「和祢相比，我覺得很卑微。」
「唯一能令我感覺到自己具有些許重要性的方式，便是去想想那些甚至沒坐起來環顧四周的泥。」
「唯一能令我感覺到自己具有些許重要性的方式，便是去想想那些甚至沒坐起來環顧四周的泥。」
「我擁有這麼多，但大多數的泥什麼也沒有。」
「我擁有這麼多，但大多數的泥什麼也沒有。」
「感夏泥給偶的隆心！」凡柯尼梭喊道。
「膽歇泥嘎吳地弄幸！」爸爸和道。

他們說的是：「感謝祢給我的榮幸！」
「現在泥再度躺下睡覺。」
「現在泥再度躺下睡覺。」
「泥有多麼豐富的回憶！」
「泥有多麼豐富的回憶！」
「我遇到的其他坐起來的泥是多麼有趣！」
「我遇到的其他坐起來的泥是多麼有趣！」
「我愛我看到的一切！」
「我愛我看到的一切！」
「晚安。」
「晚安。」
「現在我要上天堂去了。」
「現在我要上天堂去了。」
「我等不及了……」
「我等不及了……」
「去發現我的黃枇脫為何……」
「去發現我的黃枇脫為何……」

「還有誰是我的卡拉斯……」

「還有誰是我的卡拉斯……」

「以及我們的卡拉斯為祢做的一切好事。」

「以及我們的卡拉斯為祢做的一切好事。」

「阿門。」

「阿門。」

# 100 法蘭克走下祕密死牢

但是「爸爸」並未死掉然後去了天堂——那時還沒。

我問法蘭克，什麼時候是最好的時機，宣布將由我繼任總統。他完全幫不上忙，一點主意也沒有。他將所有事情都丟給我。

「我還以為你要在背後支持我的。」我抱怨道。

「只限於和科技有關的事。」法蘭克簡單扼要地說。我不想觸犯他身為技術人員的尊嚴，不想逼他超出他的限度。

「我明白了。」

「無論你對人民有什麼打算，我都沒意見。那是你的職責。」

法蘭克如此魯莽地棄絕所有人事，讓我震驚又憤怒，所以我語帶嘲諷地說：「那麼，你可以告訴我，用純技術性的角度來看，今天你有什麼計畫呢？」

我得到的是個完全技術性的回答：「修復電力，並策畫一場空中飛行表演。」

「很好！原來我當總統的第一項政績，就是讓我的人民恢復電力。」

法蘭克不認為這有什麼可笑，他對我行了禮。「我會盡力的，先生。我會為您盡我所能，先生。我不能保證要多久才能使我們的電力恢復。」

「那就是我想要的——一個有電的國家。」

「我會盡力的，先生。」法蘭克又對我行了個禮。

「那空中飛行表演呢？」我問：「那又是什麼？」

我又得到了另一個像木頭一樣的硬梆梆答案：「先生，今天下午一點，聖羅倫佐空軍的六架飛機將會飛過這座宮殿，射擊水中的標靶。這是百位民主烈士紀念日的慶祝活動之一。美國大使也計畫將花圈扔進海裡。」

於是，我決定在花圈儀式和飛行表演之後，就讓法蘭克封我為神。

「你覺得如何？」我問法蘭克。

「全聽你的，先生。」

「我想我最好擬妥演講稿。」我說：「應該有某種宣誓就職的儀式才對，這樣才夠莊嚴、夠正式。」

「全聽你的，先生。」他每次說這幾個字的時候，它們都像是從遙遠的地方傳來，就好像法蘭克正走下階梯進入一處深坑，而我卻被迫留在上面。

我懊惱地意識到，我同意當總統這件事，讓法蘭克可以自由自在地去做他最想做的事，做他父親已做過的事：得到榮譽和安慰，同時逃脫身為人類的職責。他正在完成他的理想，正在走進精神上的祕密死牢。

# 101 依照先例，我宣布布克農觸法

於是，我在塔樓底部一間空洞的圓形房間裡撰寫我的演講稿。房裡有一張桌子、一張椅子。我所寫的講稿也是圓滑空洞、乏善可陳。

這篇演講充滿希望，又十分謙卑。

我發現不仰賴上帝是不可能的。以前我從來不需要上帝的支持，也從來不相信上帝的支持真的存在。

現在，我發現我必須相信——所以我就信了。

此外，我還需要人民的幫助。我叫人拿來賓客名單，卻發現朱利安·卡索和他兒子都沒受邀。我派專人立刻去邀請他們，因為除了布克農之外，他們比誰都了解我的人民。

至於布克農嘛……

我想過邀他加入我的政府，這樣可以為我的人民帶來一種千年至福。我還想到，要是立刻下令取下宮殿大門外那個可怕的鐵勾，必定會引起歡聲雷動。

但我也隨即理解到，所謂的千年至福，可不是隨便派個聖者擔任要職就可以達成的，而是必須讓人人都有好東西可吃，有好地方可住；人人都有好的學校、好的健康和好的時光；而且人人都能找到自己想要的好工作——這些都是布克農和我做不到的。

因此，善與惡還是得分開來。善在叢林，惡在宮廷。無論這種情況有多好笑，都是我們必須提供給人民的。

有人敲了一下我的房門。一名僕人告訴我賓客已陸續抵達。

於是我將演講稿塞進褲袋，爬上塔樓的螺旋梯。我到達城堡的最高城垛，向外眺望我的客人、我的僕人、我的懸崖和我溫暖的海。

# 102 自由之敵

當我想到最高城垛上的那些賓客時，我想起布克農的〈第一百一十九首卡莉普索〉。他邀我們與他同唱：

我聽到一個悲傷的人說：
「我的昔日好友何在？」
我在那悲傷人的耳畔說：
「你的昔日好友已離去。」

到場者有霍爾．明頓大使和大使夫人、自行車製造商洛威．柯羅和他的海柔、人道主義者兼大慈善家朱利安．卡索大夫和他的兒子菲利——作家兼飯店老闆、畫家小紐頓．霍尼克和他擅長音樂的姊姊哈里森．康那夫人、我那天仙般的孟娜、法蘭克林．霍尼克少將，以及二十名聖羅倫佐的各色官僚與軍事人員。

死了——他們現在差不多全死了。

正如布克農告訴我們的：「說再見是永遠不會錯的。」

我的城垛上安排了自助餐宴，是充滿本地珍饈的自助餐：烤轉鳥盛在用牠藍綠色羽毛鋪成的盤飾上；薰衣草地蟹去殼後壓碎，用椰子油炸過，再裝回殼裡；腹部塞了香蕉泥的小梭魚；還有水煮信天翁丁放在沒加調味料的玉米餅上。

我聽說那隻信天翁就是在擺設自助餐的塔頂上被打下來的。

宴會提供兩種飲料，都是沒冰過的：百事可樂和本地的甜酒。百事可樂裝在塑膠瓶裡，甜酒裝在椰子殼中。我無法認出這種甜酒的氣味，雖然它讓我聯想到尷尬的青春期。

法蘭克可以替我說出那氣味。「丙酮。」

「丙酮？」

「模型飛機的黏膠成分。」

我沒有喝甜酒。

明頓大使非常稱職，他用他的椰子舉杯，假裝愛所有的人和所有的飲料。但我並沒看見他喝。附帶一提，他還帶來了行李箱，以前我從沒看過這種行李箱。看起來有點像法國號的箱子，裡面放的就是打算扔進海裡的紀念花圈。

我只看見一個人喝了那款甜酒，洛威·柯羅。他顯然毫無嗅覺。他從椰子殼裡喝著丙酮，坐在一座大砲上，用他的大屁股擋住點火孔，似乎十分愜意。他正透過巨型的日本望遠鏡眺望海面，望著隨浮標抖動的那些標靶。

那些標靶是用硬紙板剪成的人形。

它們會在接下來的武力展示中，接受聖羅倫佐空軍六架飛機的射擊和砲轟。

每個標靶都是某個真實人物的漫畫版，名字就寫在標靶的正反兩面。

我問畫那些漫畫的人是誰，沒想到竟然是那位基督教牧師，佛士・胡曼那博士。他就站在我手邊。

「我不知道你也有這方面的天分。」

「噢，是的。我年輕的時候，很難下定決心要做什麼。」

「我想你的選擇是正確的。」

「我祈求上天引導我。」

「你得到了。」

洛威・柯羅遞給他太太望遠鏡。「最靠近我們的是老史達林，在他右邊的是老卡斯楚。」

「還有老希特勒。」海柔咯咯笑道：「還有老墨索里尼和某個老日本人。」

「還有老卡爾・馬克思。」

「還有老比爾皇帝[18]，和他的尖頂帽。」海柔嗲聲說：「我沒想過會再見到他。」

18 比爾皇帝（Kaiser Bill）：德皇威廉二世，一次世界大戰的發動者。

「還有老毛。你看到老毛了嗎？」

「他可有得受了！」海柔說：「他可要大吃一驚了吧？這個想法真可愛。」

「他們把所有的自由之敵全擺在那裡了。」洛威·柯羅宣布說。

# 103 一名醫生對作家罷工的看法

沒有任何客人知道我即將成為總統。沒有人知道「爸爸」已站在死亡邊緣。法蘭克發布的官方消息指出，「爸爸」正舒服地休息著，說「爸爸」向大家問好。

法蘭克宣布今天的流程：先由明頓大使將紀念百位民主烈士的花圈扔進海裡；然後飛機會射擊海中的標靶；然後他，法蘭克，將要說幾句話。

他沒有告訴與會人士，在他說完那幾句話之後，將是我的演講。

因此，大家都當我是來採訪的記者，而我也到處進行著格倫福隆式的無意義聚會。

「嗨，媽。」我對海柔．柯羅說。

「哎，這不是我的孩子嘛！」海柔給了我一個充滿香水味的擁抱，並對每個人說：「這孩子是個胡希佬呢！」

卡索父子離開眾人獨自站在一旁。由於長期不受「爸爸」宮殿的歡迎，他們很好奇，何以會在此時受到邀請。

菲利．卡索喊我「獨家記者」。他說：「早安，獨家記者。有什麼新的文字遊戲嗎？」

「我倒想問你同一個問題呢。」我答道。

「我想召集所有寫作者來一次罷工，直到人類完全清醒為止。你會支持嗎？」
「寫作者有權罷工嗎？他們應該比較像警察或消防隊員，沒有權力罷工吧。」
「或是大學教授。」
「或是大學教授。」我同意道。隨後我搖了搖頭。「不，我不認為我的良知會讓我支持那樣的罷工。當一個人變成作家時，我認為他就背負了神聖的任務，有責任以最快的速度將美、啟蒙和安慰帶給大家。」
「我只是忍不住幻想，如果突然之間不再有新書、新戲、新的歷史、新的詩……那會給人們帶來多大的震撼。」
「當人們開始像蒼蠅般死去時，你會有多驕傲呢？」我問。
「他們比較會像瘋狗那樣死去吧——朝彼此亂吠亂叫，咬牠們自己的尾巴。」
我轉向朱利安．卡索。「先生，當一個人被剝奪了文學的安慰時，他會怎麼死呢？」
「只有兩種可能性，」他說：「心臟硬化或神經系統萎縮。」
「我想兩種都不太愉快吧。」我說。
「沒錯，」朱利安．卡索說：「看在老天的份上，請你們兩個都繼續寫吧！」

# 104 磺胺噻唑

我的天仙孟娜沒來找我，也沒以纏綿的眼神鼓勵我到她身邊去。她以女主人自居，向安琪拉和紐頓介紹聖羅倫佐。

此刻我想著這個女人的意義——回想她對「爸爸」倒地時的冷淡，以及她與我訂親的漠然，我想她要不是極為崇高，就是極為廉價。

難道她代表了女性精神層面的最高形態？

或她已經麻痺、木然——像隻死魚，只耽溺於木琴、美的膜拜，和布克—瑪路？

我永遠無法知道。

布克農告訴我們：

情人便是騙子，
連自己都欺騙，
無情的人才真實，
他們的眼如牡蠣一般！

所以，我的指示很明確，我想。我將永遠記住我的孟娜是崇高完美的。

在百位民主烈士紀念日那一天，我問菲利．卡索：「告訴我，你今天和你的朋友暨仰慕著——洛威．柯羅，談過話嗎？」

「我穿了西裝、皮鞋，還打了領帶，他根本認不出是我。」菲利．卡索答道：「我們已經聊過自行車了。說不定等等還會再聊。」

我發現我已經不再取笑柯羅想在聖羅倫佐製造單車這回事了。身為本島的首要行政官，我極想要一間自行車工廠。我突然對洛威．柯羅的身分和可能性充滿尊敬。

「你們認為聖羅倫佐人對工業化會有什麼反應？」我問卡索父子。

「聖羅倫佐人只對三件事感興趣：釣魚、通姦和布克農教。」朱利安說。

「你不認為他們可能對進步感興趣嗎？」

「他們已經看過一些了。只有一點讓他們真正感到興奮。」

「哪一點？」

「電吉他。」

我向他們告退，加入柯羅夫婦。

法蘭克．霍尼克正在跟他們解釋布克農是個怎樣的人，以及他反對哪些事情。「他反對科學。」

「有哪個心智正常的人會反對科學？」柯羅問。

「要不是有盤尼西林，我早就死了。」海柔說：「我母親也是。」

「令堂年紀多大了呢？」我問。

「一百零六歲。很長壽吧？」

「的確。」我同意道。

「而且，上次要不是他們給我丈夫那個藥，我早就變成寡婦了。」海柔又說，她必須問她丈夫那藥的名稱，「親愛的，上回救了你一命的那東西叫什麼？」

「磺胺噻唑。」

然後我從侍者端過的托盤上，誤拿了一份水煮信天翁肉。

# 105 止痛藥

好巧不巧——布克農會說：「就像注定要發生一樣」，我的腸胃無法適應信天翁肉，我才剛吞下第一塊肉，立刻噁心作嘔。迫不得已，我只好走下螺旋石梯去找廁所。我在緊臨「爸爸」套房的浴室裡窩著。

當我終於鬆一口氣，走出浴室時，我碰見剛從「爸爸」臥室退出的史利屈·凡柯尼梭大夫。他一臉驚惶，立刻揪住我的手臂，喊道：「那是什麼？他掛在脖子上的是什麼？」

「你說什麼？」

「他吞掉了！不管那個圓筒裡本來裝著什麼，『爸爸』吞掉了——現在他死了。」

我想起「爸爸」掛在脖子上的圓筒，開始胡亂猜測。「氰化物？」

「氰化物？氰化物會在一秒鐘內把人變成一塊水泥嗎？」

「水泥？」

「大理石！鐵！我從沒看過這麼僵硬的屍體。無論你敲擊哪個部位，都會聽到馬林巴琴般的響聲！你來看！」凡柯尼梭推著我走進「爸爸」的臥房。

在床上，在那艘金色小艇上，是個令人驚恐的景象。「爸爸」死了，只不過他的屍體卻不能套用一般人常說的：「終於安息了。」

「爸爸」的頭整個往後仰，全身重量都壓在頭頂和腳底，身體的其他部分像座彎曲的橋樑，朝天花板拱起。他的形狀猶如暖爐的柴架。

顯然，是他脖子上圓筒裡的東西要了他的命。他一手抓著圓筒，筒蓋已經打開。另一手的姆指和食指停在牙齒中間，像是剛剛放了什麼東西進去。

凡柯尼梭大夫拉下金色小艇舷緣的槳耳，用鐵槳架敲敲「爸爸」的肚子，果然發出類似馬林巴琴的響聲。

爸爸的嘴唇、鼻孔和眼球都蒙上一層氤氳的藍白色冰霜。天曉得，這種症狀現在已沒啥新奇。在當時卻是前所未見。「爸爸」孟札諾是有史以來第一個死於冰—九的人。

為了任何可能的潛在價值，我記錄下這個事實。布克農告訴我們：「把一切都寫下來。」當然，其實他的本意是想告訴我們，寫歷史和讀歷史都是一種徒然。「沒有關於過去的精確紀錄，」他嘲諷地問道：「男人和女人們怎能避免在未來犯下嚴重的錯誤？」

所以，我再說一次：「爸爸」孟札諾是史上第一個死於冰—九的人。

# 106 布克農教徒自殺時所說的話

凡柯尼梭大夫，是第二個死於冰—九的人，這位人道主義者，他的行善帳簿裡還有一大筆奧許維茲集中營的赤字還沒還清。

在我提及「死後僵硬症」時，他這樣向我解釋。

「死後僵硬症不會在死後幾秒鐘內完全發作，」他說：「我轉身背對『爸爸』才不過一眨眼的工夫。那時他正叨念著……」

「叨念著什麼？」我問。

「痛、冰、孟娜——一切。然後『爸爸』說：『現在我要摧毀全世界了。』」

「那是什麼意思？」

「布克農教徒準備自殺時總是會說這句。」凡柯尼梭大夫走向一盆水，想要洗個手。「我轉身看他時，」他告訴我的同時雙手懸在水盆上方，「他已經死了——跟石頭一樣硬，就像你現在看到的。我用手指刷過他的雙唇——它們看起來非常怪異。」

他的手伸進水裡。「什麼藥物可能會……」這問題並未說完。

凡柯尼梭舉起手，盆裡的水也跟著被舉了起來。那已經不再是水了，而是一大塊冰—九。

凡柯尼梭用舌尖碰了一下那個藍白色的神祕物體。
他的雙唇現出白霜。他冰凍了，晃動幾下之後，倒落地上。
那一大塊藍白色晶體摔得粉碎，一塊塊滾過地板。
我衝向門口，大聲呼救。
士兵和僕人紛紛跑來。
我命令他們立刻帶法蘭克、紐頓和安琪拉到「爸爸」的房間。
我終於看到冰—九了！

# 107 大飽眼福！

我讓菲利克斯·霍尼克博士的三名子女進入「爸爸」孟札諾的臥房後，關上房門，用背抵住。我的心情激動而苦澀，我一眼就認出那是冰—九。在夢裡我已經見過很多回了。

毫無疑問，法蘭克給了「爸爸」冰—九。既然法蘭克可以將冰—九給別人，那麼理所當然，安琪拉和小紐頓也可能這麼做。

於是，我對他們三人大吼大叫，說他們犯下可怕的罪行。我告訴他們不必再躲躲閃閃了，我已經知道他們和冰—九的事。我告訴他們，冰—九這東西會終結這個地球的生命，我想讓他們驚慌害怕。我的表現非常出色，他們害怕極了，根本沒想到該問我怎麼會知道冰—九這東西。

「你們就大飽眼福吧！」我說。

正如布克農告訴我們的：「上帝這輩子從沒寫過一齣好戲。」「爸爸」房裡的那一幕可不缺乏壯觀的主題和效果，而我的開場白也說得劇力萬鈞。

但是，霍尼克子女的第一聲答覆卻將這宏偉的一切摧毀殆盡。

小紐頓吐了。

## 108 法蘭克告訴我們該怎麼辦

接著，我們全都想吐。

紐頓做了他最該做的事。

「我真是再同意不過了。」我對紐頓說。然後，我朝著安琪拉和法蘭克吼道：「現在我們已經知道紐頓的意見，我很想聽聽你們兩個想說些什麼。」

「噁。」安琪拉畏縮地伸出舌頭。她一臉鐵灰。

「那也是你的感覺嗎？」我問法蘭克：「噁？將軍，那就是你要說的嗎？」

法蘭克張開大嘴，牙齒緊閉，呼吸急促且呼呼作響。

「就像那隻狗。」小紐頓喃喃說著，俯視凡柯尼梭。

「什麼狗？」

紐頓低聲回答，低到幾乎完全沒有聲音。但是那個石壁房間的音響效果卻讓我們每個人都聽得一清二楚，就像聽到水晶鐘的鈴聲。

「聖誕夜，父親死去那晚。」

紐頓在自言自語。然後，當我要他說出他父親去世那晚那隻狗發生什麼事時，他抬頭望著我，彷彿我闖入了一個夢。他發現我跟那個夢毫無關聯。

然而，他的哥哥姊姊卻屬於那個夢。他在這惡夢中對他哥哥說話，他對法蘭克說：「你給他了。」

「就是因為這樣，你才得到這份好工作的，對吧？你跟他說了什麼？說你擁有比氫彈更好的東西嗎？」紐頓問他哥哥。

法蘭克似乎沒聽到問題。他專注地環顧房間，注視一切。他鬆開緊咬的牙齒，它們喀喀作響，他不斷眨著眼睛。他的血色漸漸回來了。以下是他說的話。

「聽著，我們必須把這裡清乾淨。」

# 109 法蘭克的辯解

「將軍，」我對法蘭克說：「這必定是本年度任何將軍所說過的話當中最令人信服的一句。身為我的技術顧問，請問你，我們該如何『把這裡清理乾淨』呢？」

法蘭克給了我直截了當的答覆。他彈一下手指。我看得出他想掙脫造成這片混亂的元凶身分，以逐漸增長的自尊和力氣，將自己當成清潔者，當成世界的救星，當成收拾殘局的人。

「掃把、畚箕、噴槍、電爐、冰桶。」他一邊下令，一邊不停地彈著手指。

「你打算用噴槍燒毀屍體嗎？」我問。

現在法蘭克滿腦子都是技術性想法，雙腳甚至隨著手指打著節拍。「我們要掃起地板上的大塊冰—九，放進鐵桶，擺在電爐上燒融。然後再用噴槍燒過每一吋地板，以免遺漏任一小塊晶片。至於屍體——和那張床……」他得再想一想。

「火葬！」他喊著，十分得意，「我會下令在鐵勾旁堆放火葬的柴堆，然後我們把屍體和床搬到那裡，扔進火堆。」

他打算離開房間，去命令士兵堆柴，並拿來清掃房間的必要物品。

安琪拉制止了他。「你怎麼可以這麼做？」她想知道。

法蘭克給了她一個空洞的笑容。「一切都會沒事的。」

「你怎麼可以把那東西交給一個像『爸爸』孟札諾這樣的人？」安琪拉問他。

「我們先清乾淨這裡，然後再談吧。」

安琪拉抓住他的雙臂，不肯讓他走。「你怎麼可以！」她搖著他。

法蘭克撥開他姊姊的手。他的笑容消失，有那麼一瞬間，他變得輕蔑而狠毒——在那一瞬間，他用極其輕藐的口氣對她說：「我為自己買到一份工作，就像妳為自己買到一個到處找女人鬼混的丈夫，就像紐頓為他自己買到和俄國侏儒在鱈岬共度一週的時間！」

那個空洞的笑容又回來了

法蘭克離開，他用力摔上房門。

# 110 第十四卷

「有時候，」布克農告訴我們：「『普巴』的力量遠超過人們所能評論的範圍。」在《布克農之書》中，布克農曾將普巴譯為「狗屎風暴」，也曾譯為「上帝之怒」。

我從法蘭克摔門之前所說的那段話中，得知聖羅倫佐共和國和霍尼克家的三個孩子並不是唯一持有冰—九的人。很顯然的，美利堅合眾國和蘇維埃社會主義共和國也有。美國是透過安琪拉的丈夫得到它的，所以在他印地安那波里斯的工廠四周，全都圍了通電鐵絲網，還養了嗜殺的德國狼犬。蘇聯則是透過紐頓的小琴卡，那個烏克蘭芭蕾舞團迷人的侏儒舞者而取得。

我無話可說。

我低下頭，閉上雙眼，等待法蘭克拿那些卑微的工具來清掃臥室，這間世上絕無僅有的臥室，這間到處充滿冰—九的臥室。

在那團忘我的紫色迷霧中，我聽到安琪拉從某個地方向我說話。她不是在為自己辯解，而是為小紐頓辯解。「紐頓並沒有給她，是她偷走的。」

我對這解釋毫無興趣。

「人類還有什麼希望啊？」我心想：「這世上竟然有像菲利克斯・霍尼克這樣的人，會把像冰─九這樣的東西，交給和凡夫俗婦同樣短視的子女？」

我想起前一夜才看過的《布克農之書第十四卷》，卷名是〈基於過去百萬年的經驗，一個深思熟慮的人能對世人抱持什麼期望呢？〉

要讀完《布克農之書第十四卷》花不了多少時間，因為整卷只有四個字和一個句點。

那就是：毫無希望。

# 111 暫停

法蘭克回來了，抱著掃把、畚箕、噴槍、煤油爐、舊水桶和橡皮手套。

我們戴上手套，以免雙手受到冰—九汙染。法蘭克把爐子放在孟娜的木琴上，再將舊水桶擱到爐面。

我們開始撿拾地板上的大塊結晶，丟進鐵桶，讓它們融化——變回老實、甘甜的好水。

安琪拉和我負責掃地，小紐頓在家具下面尋找可能被我們漏掉的冰—九碎片，法蘭克則在我們掃過地後用噴槍燒灼地面。

一種只有在深夜工作的雜役女傭和清潔工人才能感受到的不用大腦的靜謐，向我們湧來。在這個亂七八糟的世界中，我們至少正在努力清理乾淨自己的小角落。

我聽見自己用輕鬆交談的口氣，要紐頓、安琪拉和法蘭克告訴我老頭子去世的那個聖誕夜，還有那隻狗的事。

他們天真無知地以為，只要清乾淨房間，一切就沒事了，於是跟我說了這個故事。

這故事如下：

在那個決定命運的聖誕夜，安琪拉到村裡去買聖誕彩燈，紐頓和法蘭克在無人的冬季海灘上散步，在那裡碰到一隻黑色的拉布拉多獵犬。那隻狗跟一般的拉布拉多獵犬一樣友善，牠隨著法蘭克和小紐頓一起回家。

就在他的子女們外出時，菲利克斯・霍尼克死在他面海的白色柳條椅上。那一整天，老頭子一直用開玩笑的方式向他的孩子們暗示冰—九的一切，還拿出那塊晶片給他們看。晶片放在小瓶子裡，瓶上畫了一顆骷髏頭和兩根骨頭交叉的圖案，同時還加貼了一張標籤，寫著：危險！冰—九！保持乾燥！

那整天，老頭子都以快樂的口吻向他的子女們叨念著：「來吧，發揮一下想像力。我已經告訴你們這東西的熔點是華氏一百一十四點四度，我也跟你們說過這不過是氫和氧的組合而已。有什麼可能的解釋呢？想一想！不要怕動腦筋。腦袋瓜是不會裂開的。」諸如這般。

「他總是叫我們要動腦筋。」法蘭克回想道。

「我不知道自己幾歲時，就放棄動腦筋了。」安琪拉坦承道，倚著她的掃把。「我甚至無法再聽他談論科學。我會點頭，假裝在動腦筋，但是我這可憐的腦袋只要一碰到科學，就會像老舊鬆緊帶彈性疲乏。」

顯然，在老頭子坐到柳條椅上死去之前，他曾經在廚房裡用水和鍋子玩起冰—九遊戲。他肯定曾讓水化為冰—九又化為水，因為所有的鍋盆都拿了出來，放在廚房的流理台上，還有一個烤肉用的溫度計，可見老頭子八成幫這一切都量了溫度。

老頭子原本只打算坐在椅子上休息一下，因為他還沒收拾廚房裡的一團混亂。在那團混亂當中，有一口裝滿堅硬冰—九的小鍋子。他肯定是想稍稍休息一下後就融解掉它，減少那個藍白色晶片的世界供應量到只剩裝在瓶中的那一小片。

但是，就像布克農告訴我們的：「誰都可以叫暫停，但是沒有人知道會暫停多久。」

# 112 紐頓母親的手提袋

「我一進門就該知道他死了。」安琪拉說著，再次靠向她的掃把。「那張柳條椅沒發出半點聲音。只要父親坐在上面，就算是睡著，那張椅子還是會吱吱作響。」

可是安琪拉卻以為她父親睡著了，逕自去布置聖誕樹。

紐頓和法蘭克帶著拉布拉多犬進來，他們直接走進廚房想找點東西給狗吃。他們找到了老頭子的泥漿。

地上有水，小紐頓拿起一條擦碗布擦掉水。他把那條濕漉漉的抹布丟到流理台上。

好巧不巧，那條抹布就掉進裝有冰—九的鍋子。

法蘭克以為鍋子裡裝的是裝飾蛋糕用的奶油，於是將鍋子拿向紐頓，讓他看看隨便亂丟抹布的後果。

紐頓從鍋裡扯下抹布，發現布面有一種特殊的、像是金屬一樣的彎曲特質，感覺像是用非常細的金絲網做成的。

「我之所以說像『金絲網』，」小紐頓在「爸爸」的房裡說：「是因為它立刻讓我聯想到媽媽的手提袋，還有那個手提袋的觸感。」

包。

安琪拉傷感地解釋說，紐頓小時候十分珍惜他母親的金絲網手提袋。我猜那一定是個晚宴包。

「那個手提袋摸起來好奇怪，和我摸過的其他東西都不一樣。」紐頓說：「我很納悶，不知道它後來跑到哪裡去了。」

「我對很多事情都感到很納悶。」安琪拉說。這個問題聽來像是從一個充滿悲傷和失落的時空隧道反彈回來的。

總之，紐頓把那塊摸起來很像手提袋的抹布舉向那隻狗，狗伸出舌頭舔了一下。牠立刻凍僵了。

紐頓跑去找他老爸說狗凍僵的事，這才發現他父親也已經僵硬。

# 113
# 歷史

我們在「爸爸」臥房裡的工作終於完畢。

但是那兩具屍體仍等著被運到火葬場。我們決定暫緩此事，等到百位民主烈士紀念日的儀式結束後再說。

我們所做的最後一件事，是撐起凡柯尼梭大夫，好在他躺臥的地方進行消毒。然後，我們將他直挺挺地藏進「爸爸」的衣櫃裡。

我不太確定我們幹麼藏起他，我想應該是為了簡化場面。

至於紐頓、安琪拉和法蘭克，關於他們如何在聖誕夜平分全世界的冰—九的故事——在他們說到罪行本身的細節時，便自然住口了。霍尼克三姊弟想不起來，他們當中有誰曾對把冰—九據為己有一事表示過任何意見。他們談論冰—九是什麼，回憶老頭子要他們動腦筋，可是卻不談道德問題。

「是誰分的？」我問。

他們三人竟然把這件事的細節忘得一乾二淨，沒有人能給我一點最基本的敘述。

「不是紐頓，」安琪拉終於說：「我很肯定。」

「也不是你或我。」法蘭克拚命地想，若有所思地說道。

「你從廚房架子上拿了三個廣口瓶。」安琪拉說：「隔天我們才買了那三個小保溫壺的。」

「沒錯。」法蘭克同意道：「然後妳拿起冰鑿，在一個小盤子裡敲碎冰一九。」

「對，」安琪拉說：「是我敲的。然後有人從浴室裡拿了鑷子過來。」

紐頓舉起小手說：「是我。」

回想起小紐頓的冒險心，安琪拉和紐頓都很驚訝。

「是我夾起那些晶片放到廣口瓶裡的。」紐頓回憶道。他想必覺得非常神氣，也不打算掩飾。

「你們怎麼處理那隻狗呢？」我無力地問。

「我們放進烤箱，」法蘭克告訴我：「這是唯一的方法。」

「歷史！」布克農說：「去讀歷史，然後哭泣吧！」

# 114 當我感覺子彈鑽入我心

於是我又一次爬上我塔樓的螺旋梯，又一次抵達我城堡的最高城垛，又一次望向我的客人、我的僕人、我的懸崖和我溫暖的海。

霍尼克姊弟和我一起。我們鎖上「爸爸」的房門，在僕人之間傳話說，「爸爸」的病況已經好轉。

士兵們正在鐵勾旁架設火葬柴堆，他們不知道那是給誰用的。

那一天有很多、很多的祕密。

忙，忙，忙。

我認為典禮應該開始了，我告訴法蘭克請霍爾．明頓大使發表他的演說。

明頓大使走向面海的胸牆，紀念花圈仍放在箱子裡。他發表了一篇動人的演說，紀念百位民主烈士。他用島上的方言說出「百位民主烈士」，那是他對死者、對他們的國家，以及對因他們的犧牲而受益之人表達尊敬的方式。那句方言在他口裡顯得既優雅又流暢。

其餘的講詞都以美語發表。他準備了一篇演講稿——想必是些浮誇的場面話。不過，當他發現他的聽眾人數不多，而且多半是美國同胞時，他就丟開那份正式的講詞。

輕柔的海風吹著他稀疏的頭髮。「我打算做一件非常不符合大使身分的事。」他宣布道：「我要告訴你們，我真實的感受。」

或許明頓喝了太多丙酮，又或許是他對即將發生在除了我以外所有人身上的事有種預感吧。總之，他的演講非常布克農。

「朋友們，」他說：「我們今天聚集在這裡，是為了紀念把迷迷之拉斯，已死的孩子，都死了，在戰爭中遭到謀殺。依照慣例，在今天這樣的日子裡，應該稱這些過世的孩子為男人。但我卻無法如此稱呼，原因很簡單：在把迷迷之拉斯慷慨赴義的那場戰爭裡，我自己的兒子也死了。

「我的靈魂堅持，我所哀悼的是一個孩子而非一個男人。

「我並不是說，在戰爭中孩童的死法不像個男人，如果他們必須死的話。為了他們永恆的榮譽和我們永恆的羞愧，他們的死法確實與男人無異，正是因為如此，才有愛國紀念日裡的男人歡慶。

「但他們永遠是被謀殺的孩童。

「我想告訴你們，與其向聖羅倫佐那一百名死去的孩童獻上我們真誠的敬意，還不如在這一天好好去鄙視殺死他們的原因。也就是，所有人類的愚行和惡毒。

「或許，當我們回憶戰爭時，我們該脫掉衣服，把自己漆成藍色，整天以四肢趴地而行，發出豬叫聲。那會比高尚的演說和國旗表演和擦亮的槍枝更加適宜。

「我無意輕蔑我們即將看到的軍事表演——這將是場精采、震撼的演出……」

他注視著我們每個人的眼睛，以極低的聲音說：「而且我向來就喜歡震撼的演出。」

我們必須豎直耳朵才能聽到明頓接下來又說了什麼。

「只是，如果今天真是為了紀念在戰爭中遇害的一百名孩童，」他說：「今天真的適合來一場震撼的演出嗎？」

「答案是，是的。但前提是：我們，我們這些慶祝者，必須努力不懈地盡可能減少我們自身和全體人類的愚蠢與惡行。」

他拉開花圈箱的按釦。

「看到我帶來的東西嗎？」他問我們。

他打開箱子，向我們秀出鮮紅的襯裡和金色花圈。花圈是用鐵絲和人造桂冠葉編成的，而且全噴了金漆。

花圈上有一條乳白色絲帶，上面以金漆寫著：「PRO PATRIA」幾個字。

明頓接著念了一首詩，是從艾德加・李・馬斯特斯的《匙河詩集》裡選出來的，一首聖羅倫佐籍的聽眾一定聽不懂的詩——還有洛威・柯羅和他的海柔，以及安琪拉和法蘭克，恐怕也都聽不懂。

我是傳教士山脊會戰的第一批果實。

當我感覺子彈鑽入我心時，
我但願自己留在家鄉且入獄服刑
因為我偷了柯爾・崔納利的豬，
而不是離家入伍。
寧願入獄一千次，
也強過躺在這長了翅膀的大理石像
和這個刻了「Pro Patria」
的花崗岩台座下。
這幾個字，究竟是什麼意思呢？

「這幾個字，究竟是什麼意思呢？」明頓大使重複說道。「它的意思是：『為國犧牲』。」他又丟了另一句：「為了任何國家。」

「我帶來的花圈，是某個國家的人民獻給另一個國家人民的禮物。不必管是哪幾個國家了。想想人民吧……」

「想想在戰爭中遇害的孩童……」

「和任何國家。」

「想想和平。」

「想想兄弟之愛。」

「想想富足的生活。」

「想想如果人人都能善良而聰明，這世界會是個怎樣的天堂。」

「雖然人們愚蠢又惡毒，但這卻是美好的一天。」明頓大使說：「我，發自內心，也代表全美愛好和平的人們，哀悼把迷迷之拉斯死在這麼美好的日子裡。」

說罷，他將花圈扔出胸牆。

空中傳來嗡嗡聲，聖羅倫佐空軍的六架飛機出動了，掠過我溫暖的海面。它們將要射擊洛威・柯羅所謂的「所有的自由之敵」。

# 115 命中注定

我們走到面海的胸牆旁觀看表演。飛機不比黑胡椒粒大多少，我們之所以能看見它們，是因為飛機後面拖著一長條灰煙。

我們以為那些煙也是表演的一部分。

我站在洛威．柯羅身邊，好巧不巧，他正一邊吃著信天翁肉，一邊喝著本地的甜酒。他用沾了信天翁油脂的發亮嘴唇，用力吸吮模型飛機的黏膠成分。我又開始感到噁心了。

我獨自退到面對陸地的那面胸牆旁，大口地吸著空氣。在我和其他所有人之間，隔了六十呎長的古老石頭鋪面。

我看到飛機飛得很低，比城堡的基地更低，我很可能會錯過表演。不過噁心制止了我的好奇，我轉頭望著它們咆哮逼近的方向。就在它們的槍砲開始發出射擊聲時，一架尾部不斷冒煙的飛機突然現形，機腹朝上，全機著火。

它很快就落出我的視線之外，墜向城堡下方的懸崖。機上的炸彈和燃料隨即爆炸。

剩餘的五架飛機繼續射擊，它們的嘈雜聲已轉弱如蚊子的鳴叫。

緊接著是山崩的聲響——「爸爸」城堡的一座高塔崩陷坍落，掉入海中。

站在面海胸牆邊的眾人震驚地注視著原先高塔所在的凹洞。我可以在幾乎有如交響樂的對話中，聽到大小石頭崩落的聲音。

對話進行得非常快速，不久又加入新的聲音。那是城堡木材的哀嘆聲，哀嘆它們的負擔變得太重了。

接下來，一聲如雷的斷裂閃電般畫過城垛，距我曲起的腳趾大約只有十呎遠。

這聲轟然巨響將我和我的同伴們隔離開了。

城堡呻吟不止，大聲哭泣。

其他人意識到他們的危難。隨著數以噸計的石塊，他們也將被拋出、被拋落。雖然裂口只有一呎寬，眾人卻都以英雄般的跳躍姿態試圖飛越。

只有我的孟娜輕鬆地邁開步子，跨過去。

裂縫突然閉合，然後再度傾斜裂開。依然陷在那斜傾死亡陷阱中的，有洛威·柯羅和他的海柔，以及霍爾·明頓大使和他的可蕾。

菲利·卡索、法蘭克和我紛紛伸手越過深淵，把柯羅夫婦拉回安全之境。接著，我們的手臂央求地伸向明頓夫婦。

他們的表情茫然。我只能猜測此刻他們的心裡正在想些什麼。我的猜測是，他們正想著尊嚴，那是他們的情感中比重最大的成分。

他們不屑於驚慌。我懷疑他們也曾想過自殺。然而他們的優雅舉止卻害死了他們，因為那不幸的城垛有如油輪離港般離開了我們。

這個航行的比喻，明頓夫婦似乎也想到了，因為他們無力而友善地對我們揮著手。

他們手握著手。

他們面向海洋。

他們走了。然後他們在巨大的變動洪流中往下墜落，永遠離去了！

# 116 轟！

萬丈深淵的崎嶇邊緣現在離我曲起的腳趾只有數吋之遠。我向下望。只見我溫暖的海吞噬了一切。一大片懶散的塵幕向海面擴散，那是這場墜落僅存的痕跡。

宮殿、它的宏偉壯麗、它的面海胸牆，全都消失了。只剩下斷裂的開口，以痲瘋病人般暴牙突伸的笑容，問候著北方。木頭斷裂的尾端，看起來像豬鬃一樣。在我正下方，是一個裂開的大房間，房間地板因失去支撐墜入半空，像一塊跳板。

我幻想著掉到那塊跳板上，以令人屏息的燕式跳水輕輕躍起，緊抱雙臂，向下剪入那血紅色的永恆，而不濺起一絲水花。

在我上方盤旋的一隻飛鳥，用叫聲打斷了我的幻想。牠似乎在問我，到底發生了什麼事。

我們全都抬起頭來，仰望著那隻飛鳥，然後又望向另一隻。

我們驚恐萬分地向後退離那深淵。就在我踩上原先支撐著我的石頭鋪面時，石塊卻開始搖動。它比一根蹺蹺板好不到哪去。這時，它就在那塊跳板上方搖來晃去。

石塊向下墜落，砸到跳板上，把跳板變成一條斜坡。然後，下方房間裡殘存的家具，全都順著斜坡滑落下去。

最先滑落的是一具木琴，因為底部的小輪子而迅速滾過。接下來是床頭櫃和一把跳動不止的噴槍賽跑。然後是互相追逐的椅子。

在下面那個房間的某處，在我們看不到的地方，某個原本極不願意移動的東西開始動了。

它悄悄地滑下斜坡。最後，終於露出它的金色船首，那是載著「爸爸」屍體的小艇。

小艇滑到斜坡盡頭。船首點了幾下。傾斜。墜落。去到盡頭的盡頭。

「爸爸」被拋了出去，獨自落下。

我閉上眼睛。

我聽到一扇大似天空的門被輕輕關上的聲音，天堂的大門輕輕關上了。那是一聲巨大的「轟」！

我睜開眼睛——整片海水都已化為冰─九。

濕潤的綠色大地變成藍白色的珍珠。

天空暗沉。太陽波拉西西變成一顆慘淡的黃球，小而殘酷。

天空布滿了蟲。那些蟲是龍捲風。

# 117 聖堂

我抬頭望著剛才那隻鳥飛過的天空。在我正上方，是一隻有著紫色嘴巴的巨蟲，發出蜜蜂般的嗡嗡聲，左右搖晃，以猥褻的姿態蠕動著，好攝取空氣。

我們人類紛紛散開，逃離我那化為粉末的城垛，跌跌撞撞地衝下面對陸地那一側的樓梯。只有洛威．柯羅和他的海柔叫喊出聲：「美國人！美國人！」彷彿龍捲風會對受害者的格倫福隆感興趣似的。

我看不見柯羅夫婦，他們已經從另一道樓梯下去了。他們的叫聲和其他人的喘息聲與跑步聲，穿過城堡的走廊含糊地傳進我的耳朵。我唯一的同伴，是我那美如天仙的孟娜，她安安靜靜地跟隨著我。

在我猶豫不決時，她悄悄走過我身邊，打開通往「爸爸」套房前廳的門。前廳的牆壁和屋頂都不見了。但石頭地板仍在。地板中央，便是那個祕密死牢的出口蓋。在群蟲蠕動的天空下、在想要吞噬我們的龍捲風冒出的紫光中，我拉開了蓋子。

死牢的「食道」設有鐵梯，我從裡面闔上出口，和孟娜踩著鐵梯而下。

在梯子的底端，我們發現一項國家機密。「爸爸」孟札諾在這裡蓋了舒適的防空洞。這裡有通風口，還有用固定式腳踏車驅動的風扇。牆壁上嵌著水槽，這裡的水甘甜濕潤，還沒被冰一九汙染。防空洞裡還有化學馬桶、短波收音機、席爾斯百貨公司的目錄、好幾箱食物、酒和蠟燭。另外還有過去二十年的《國家地理雜誌》合訂本。

以及一套《布克農之書》。

兩張單人床。

我點燃蠟燭，打開康寶雞湯，放到小爐子上。然後倒了兩杯維京群島的甜酒。

孟娜在一張床上坐下。我在另一張坐下。

「我打算說一句話，以前一定有很多男人曾對女人說過這句話，」我告訴她：「不過，我相信從他們嘴裡說出的這句話，絕不像此刻這樣，傳達了這麼深的恐懼。」

「喔？」

我攤開雙手。「我們到了。」

# 118 斷頭台和祕密死牢

《布克農之書第六卷》談論痛苦，尤其是男人對男人施予的刑罰。「假使有一天我被吊在鐵勾上處死，」布克農警告我們：「你們可以期待我有非常人性化的演出。」

接著他談到肢刑架、斷頭台、絞輪和祕密死牢等。

無論如何，必定會引起許多哭喊。

但只有祕密死牢能夠讓你在困死之際仍然能夠思考。

於是，孟娜和我就待在這座岩石子宮裡。至少我們可以思考。我想到的一件事是，土牢裡的這些物質安慰，一點也無法減輕它是座死牢的事實。

我們待在地下的第一天和第一夜，龍捲風每小時都會搖動我們的出口蓋好幾次。每一次，我們洞中的壓力都會突然降低，害我們耳鳴目眩。

至於那台收音機——可以聽到吱吱喳喳的靜電聲，就這樣。短波的這一端和另一端，連結不到半個字，我聽不到半個播報員的聲音。就算在某個地方還有生命存在，它也沒在廣播。

直到今天，都沒任何廣播。

我的猜測是：龍捲風將毒辣的藍白色冰—九凍霜席捲到世界各地，將地面上的每個人和每樣東西都撕成粉碎。就算有生物僥倖活著，沒多久也會死於焦渴、飢餓、憤怒或冷漠。

我翻開《布克農之書》，我對這本書還不太熟，還沒熟到我相信能在裡面找到什麼精神慰藉。我很快就掠過第一卷扉頁上的警語：

別傻了！立刻闔上這本書！這裡面只有佛瑪！

不用說，佛瑪便是謊言。

然後我讀到：

一開始，上帝創造地球，祂在宇宙的寂寞中看著它。

上帝說：「讓我們用泥造出生物吧，這樣泥便可以看見我們所做的。」於是上帝創造了每一種會移動的生物，其中之一就是人。只有泥造的人可以說話。上帝彎身看那泥人坐起來，環顧四周，開口說話。人眨眨眼。「這一切的目的何在？」他禮貌地問。

「所有事物都必須有目的嗎？」上帝問。

「當然。」人說。

「那麼我就讓你自己去為這一切想出一個目的吧，」上帝說。

然後祂就走了。

我覺得這根本是垃圾。

「當然是垃圾！」布克農說。

於是我轉向我的天仙孟娜，尋求更加深奧、更令人安慰的祕密。

我穿越隔開我兩床鋪的空間呆望著她，我可以想像，在她那雙明眸之後，隱藏了與夏娃同樣古老的奧祕。

我不打算描述後來那段欲望薰心的性插曲。只能說，我的表現讓她反感，而我當然被拒絕了。

這女人對繁衍下一代毫無興趣——甚至痛恨這種想法。在扭打結束之前，她，還有我自己，都讓我深深相信，我已經發明了一種製造人類的新方式，一種呼嚕作響、汗流浹背的怪異方法。

我咬牙切齒地回到自己的床上，認定她根本不知道做愛是怎麼回事。可是她竟然立刻輕柔地對我說：「現在有個小嬰孩會很可悲。你不同意嗎？」

「我同意。」我陰鬱地說。

「嗯，小嬰兒就是那樣製造的——我怕你不知道。」

# 119 孟娜向我道謝

「今天我將是保加利亞的教育部長，」布克農告訴我們：「而明天，我將是特洛伊的海倫。」他的意思非常清楚：我們每個人都必須做自己。在那祕密死牢裡，我就是這麼想的——感謝《布克農之書》的幫助。

布克農邀我們與他同唱；

我們做，心不在焉地做，心不在焉地做，心不在焉地做，
我們必須做的，糊里糊塗地必須，糊里糊塗地必須，糊里糊塗地必須，
糊里糊塗地做，糊里糊塗地做，糊里糊塗地做，
直到我們爆裂，活生生地爆裂，活生生地爆裂。

我為這段歌詞編了曲，一邊吹著口哨，一邊氣喘吁吁地騎著驅動電扇的固定式腳踏車，好給我們空氣，古老的好空氣。

「人類吸進氧氣，排出二氧化碳。」我對孟娜說。

「什麼？」
「這是科學。」
「噢。」
「這是人類早就了解的一項生命奧祕：動物吸進動物呼出的東西，反之亦然。」
「我以前並不知道。」
「現在妳知道了。」
「謝謝你。」
「不客氣。」
當我用自行車把我們的氣氛轉為甜蜜清新之後，我停下車，爬上鐵梯，看看上面的天氣如何。我稍稍抬高出口蓋的一端，發現天氣變得稍微穩定一點。
但是這種穩定依然危機四伏，龍捲風還是和之前一樣多，直到今天也沒變少。只不過龍捲風的嘴已經不再朝著地球齜裂。那些四面八方都可看到的嘴，已經謹慎地退縮到差不多半哩的高度。因為它們的高度幾乎沒什麼變化，感覺上聖羅倫佐好像是被一層龍捲風防護玻璃給保護著。
我們又等了三天，確定龍捲風真的和看起來一樣沉寂。然後我們從水槽裡裝了幾壺水，爬回到地面上。
空氣乾、熱、死寂不動。

有一次我曾聽人說過，溫帶的季節應該有六個而不是四個：夏天、秋天、閉鎖、冬天、解鎖、春天。當我在出入口旁邊站直身體時，想起了這句話，於是我凝視、傾聽、嗅聞。

沒有任何氣味。沒有任何動靜。我每走一步，都會在藍白冰霜上發出扎扎聲。而每一個扎扎聲都會引起非常響亮的回音。閉鎖的季節已經過去。地球緊緊的鎖住了。

這是冬季，現在，永遠。

我扶著孟娜爬出洞口。我警告她絕對不可以觸摸藍白冰霜，也不可觸摸她的嘴。「想死太容易了，」我告訴她：「妳只要摸摸地面，再摸摸嘴唇，就死定了。」

她搖搖頭，嘆道：「好壞的母親。」

「什麼？」

「大地之母——她不再是個好母親了。」

「哈囉？哈囉？」我對著宮殿廢墟叫喚。可怖的狂風從那些石堆中吹出峽谷。孟娜和我心不在焉地搜尋生還者——心不在焉是因為我們感受不到生命。連一隻嗅個不停的老鼠也沒活下來。

宮殿大門的圓拱是唯一保持原狀的人為之物。孟娜和我走向圓拱。圓拱底部有人用白漆寫了一首布克農的〈卡莉普索〉。字跡工整，而且是新的。這證明還有其他人逃過了這場風暴。

這首〈卡莉普索〉如下：

總有一天，總有一天，這個瘋狂的世界必須終結，
我們的上帝會收回祂借給我們的一切。
如果，在那個可悲的日子，你想責怪我們的上帝，
你盡管責備祂吧。祂只會微笑點頭而已。

# 120 敬啟者

我想到一則廣告，那是為了推銷一套名為《知識叢書》的兒童書。廣告裡，一名男孩和一名女孩滿臉信任地抬頭望著他們的父親。「爸爸，」其中一個問道：「天空為什麼是藍色的？」你可在《知識叢書》裡找到答案。

當孟娜和我離開宮殿時，如果我身旁也有個爸爸，當我緊握著他的手時，我會有一堆問題想問他。「爸爸，為什麼所有的樹都破裂了？爸爸，為什麼所有的鳥都死了？爸爸，為什麼天空這麼難看？爸爸，為什麼海洋如此堅硬，靜止不動？」

然後我想到，我比其他人——假如還有其他人活著的話，更有資格回答這些艱難的問題。要是有人感興趣，我知道出了什麼差錯——我知道錯在哪裡，又是如何造成的。

那又怎樣？

我想著那些死去的人可能會在什麼地方。孟娜和我走了大約一哩路，卻沒見到半個死人。我對活人倒沒那麼好奇，或許是因為我精確地意識到，必須先仔細思考死亡這件事。我沒看到任何營火的煙柱，不過在蟲狀龍捲風的籠罩下，就算有煙柱也很難看見。

有個東西吸引了我的目光：馬卡比山頂那塊怪石的四周，有一道紫色的光暈，它似乎在叫喚我，而我腦中浮現出一個無聊的電影畫面，我和孟娜正在爬向峰頂。可是，那又代表什麼呢？

我們已經走到馬卡比山的山腳。孟娜像是漫無目的地從我身邊走開，離開馬路，爬上一道斜坡。我跟隨著她。

我在山脊頂部與她會合。她正在俯看一個自然形成的大盆碗。她沒哭。她應該哭的。

在那個盆碗裡，有成千上萬的死人。每個死人的唇上都有藍白的冰—九凍霜。

那些死屍並非東倒西歪、散落四處，他們顯然是在那場可怕的風暴平息之後才被堆放在這裡的。而且，由於每具屍體的嘴巴附近都有一根指頭，可見他們全都是自己走到這可悲的地方，然後以冰—九毒死自己。

死者包括男女老幼，有許多是以布克—瑪路的姿態而死。他們全都面向盆碗中心，彷彿是圓形競技場裡的觀眾。

孟娜和我觀察那些結霜的眼眸，尋找它們生前的注視之處，它們全都望向盆碗的中心。在那裡有一塊圓形空地，可能有個演說者曾經站在那裡。

孟娜和我謹慎地走向那塊空地，避免碰到那堆僵硬如雕像的屍體。我們在那裡發現一塊圓石，圓石下面壓了一張鉛筆寫的字條，上面寫著：

敬啟者：

在你周圍的這些人幾乎全是在海水凍結後，逃過風吹的聖羅倫佐生還者。這些人抓住一個像是聖者的人，名叫布克農。他們帶他到這裡，把他放在中央，命令他告訴他們上帝到底想做什麼，以及他們現在該怎麼辦。那個騙子告訴他們說，上帝當然是想殺死他們，可能是因祂覺得他們已沒有用途了，所以他們應該安然就死。你也看得出來，他們照做了。

這張字條的署名為布克農。

# 121 我太慢回答

「好個憤世嫉俗的人！」我倒抽一口氣說。我環顧那個裝滿死人的盆碗。「他在這裡嗎？」

「我沒看到他。」孟娜淡淡地說。她既不氣餒，也不氣憤，事實上，她好像很想笑。「他總是說，他絕不會聽自己的忠告，因為他知道那些毫無價值。」

「他最好在這裡！」我憤憤地說：「這個人也太大膽了，竟敢勸告這些人自殺！」

孟娜果真笑了。我從沒聽過她笑。她的笑聲既低沉又粗啞，令人驚訝。

「妳覺得這很好笑嗎？」

她慵懶地舉起雙臂。「一切就是這麼簡單，如此而已。它幫這麼多人解決了這麼多問題，就這麼簡單。」

她繼續跨過成千上萬的石頭屍體，還在笑著。大約在斜坡中途，她停了下來，面對下方的我，叫道：「如果你有能力，你會希望這些人當中的任何一人復活嗎？快回答我。」

過了半分鐘後，她又戲謔地叫道：「你回答得太慢了！」然後，她在淺笑聲中伸手碰觸地面，又站起身，以手指碰唇，就這樣死了。

我哭了嗎？他們說我哭了。我滾落坡地時，洛威．柯羅和他的海柔及小紐頓．霍尼克奔向我。他們躲在玻利瓦的一輛計程車裡，逃過了風暴。他們告訴我，我在哭泣。海柔也哭了，為我還活著喜極而泣。

他們哄勸我坐進計程車內。

海柔伸手擁抱我。「你現在和媽在一起。你不必再擔心了。」

我聽任腦子一片空白。我閉上雙眼，靠向那個肥厚豐滿又濕潤的傻瓜，感受到一種深沉且愚蠢的輕鬆。

# 122 海角一樂園

他們帶我到瀑布頂端、法蘭克・霍尼克殘存的屋子。那棟屋子只剩下藏在瀑布下的那個洞穴，而瀑布則已變成了某種冰屋，覆蓋著藍白透明的冰—九圓頂。

冰屋下的這一家，包括法蘭克、小紐頓和柯羅夫婦。他們在宮殿裡的一處土牢裡逃過一劫，那個土牢比祕密死牢淺一些，當然也沒那麼舒服。風一退，他們就離開那裡，而孟娜和我卻在地下又多待了三天。

巧的是，他們在宮殿大門的圓拱下找到這輛奇蹟般的計程車。他們還發現一桶白漆，所以法蘭克便在計程車的前門上畫了白星星，又在車頂寫上標準的格倫福隆式字眼：美國。

「然後你們留下白漆留在圓拱下方。」我說。

「你怎麼知道？」柯羅問。

「因為有另一個人拿它寫了一首詩。」

我並未立刻詢問安琪拉・霍尼克和卡索父子是怎麼死的，那樣我就得立刻談到孟娜。我還沒準備好這麼做。

我尤其不想討論孟娜的死，因為我們坐在計程車裡的時候，柯羅夫婦和小紐頓竟然露出非常高興的表情。

海柔給了我一個提示。「你等著看我們怎麼生活吧。我們有各種好吃的東西，任何時候我們想要水，只要升起營火，融化一些就可了。我們自稱為——海角一樂園。」

# 123 人鼠之間

後來我過了奇怪的六個月，就在這六個月裡，我完成了這本書。海柔稱我們這個小社會為海角一樂園，倒是非常正確。因為我們躲過強烈風暴，我們與世隔絕，然後生活確實變得十分容易。有些迪士尼電影的確有可愛之處。

沒錯，植物和動物全死了。但是冰－九將豬、牛、小鹿和各種鳥類與野莓保存了下來，任我們隨時溶解烹煮。而且，在玻利瓦的廢墟中，我們也找到好幾噸的罐頭食物。我們似乎是聖羅倫佐島上僅存的人。

食物不成問題，衣服或房舍也一樣，因為天氣就是一貫地乾燥、死寂、炎熱。我們的健康千篇一律地好。顯然，所有的細菌都死了——要不就是睡著了。

我們的適應力變得非常滿足，非常安心，當海柔說：「至少有個好處，沒有蚊子」時，沒人稱奇，也沒人抗議。

她坐在空地裡的一張三腳凳上，那塊空地原本矗立著法蘭克的屋子。她正在把紅色、白色和藍色的布條縫在一起。她正在縫製美國國旗。沒有人殘酷到向她指出，那條紅色其實是桃子色，藍色很接近綠色，而她剪下的那五十顆星星是六個角的大衛之星，而非五個角的美國之星。

她老公洛威・柯羅，本來就是個好廚師，這時正在附近的柴火上燉一鍋肉。他負責烹飪，他喜歡烹飪。

「看起來不錯，聞起來也很香。」我評論道。

他眨眨眼。「別射殺廚師。他已經很盡力了。」

在這段溫馨談話的背景處，法蘭克自製的求救發送器正發出嘀嘀答答聲。這部機器日夜都在呼救。

「拯救我們的靈魂啊。」海柔邊縫邊隨著發送器唱道：「拯救我們的靈魂啊。」

「寫得怎樣了？」她問我。

「很好，媽，很好。」

「你什麼時候要讓我們看一些呢？」

「等全部寫好吧，媽，等我全部寫好。」

「很多有名的作家都是胡希佬。」

「我知道。」

「你也會是其中一個，」她滿懷希望地笑著，「是一本好玩的書嗎？」

「我希望是的，媽。」

「我喜歡開懷大笑。」

「我知道。」

「這裡的每個人都有專長，都有可以幫助其他人的長處。你寫讓我們笑的書，法蘭克做科學的東西，小紐頓——他為我們所有人畫圖。我縫衣服，洛威燒飯。」

「中國有句話是『人多好辦事』。」

「中國人在很多方面都很聰明。」

「是呀，讓我們記取他們的經驗吧。」

「要是從前我能多研究他們一點該有多好。」

「呃，那並不容易，即使是在理想的狀態下。」

「要是每件事我都能夠多研究一點該有多好。」

「人總是有遺憾的，媽。」

「覆水難收，後悔莫及。」

「就像詩人說的，在人與老鼠的所有話語中，最可悲的是：本來有可能是……」

「那好美，也好真實。」

# 124 法蘭克的螞蟻農場

我很不願看到海柔縫好那面國旗，因為我也被牽扯進她的愚蠢計畫。她認為，我會答應把那個蠢東西插到馬卡比山的頂峰。

「要是洛威和我年輕一點，我們就會自己來了。現在我們只能把國旗交給你，並為你獻上我們最誠心的祝福。」

「媽，我不知道那是不是插這面國旗的好地方。」

「還有別的地方嗎？」

「我會好好想一想的。」告退之後，我走進洞穴去看法蘭克在做什麼。

他沒做什麼新鮮事。他正在看他蓋好的螞蟻農場。他在玻利瓦廢墟的三度空間世界裡挖到一些殘存的螞蟻，隨即把三度減為二度，用兩片玻璃做了個泥土夾螞蟻三明治。話說回來，要不是法蘭克捉這些螞蟻回來，牠們對這起事件根本做不了什麼事，也無法提出任何評論。

這個實驗解開了螞蟻如何能在無水世界中存活之謎。據我所知，牠們是唯一存活的昆蟲，方法是讓牠們的身體擠縮成一團，黏在冰—九晶粒旁邊。牠們會在中間發出足夠的熱度，殺死半數同伴，製造出一滴露水。這滴露水是可以喝的，而大部分的屍體是可以吃的。

「吃，喝，快樂，因為明天我們就死了。」我對法蘭克和他那些同類相殘的昆蟲說。

他的反應千篇一律——他總是氣急敗壞地說了一大套人們可以從螞蟻那兒學到的事情。

我的反應也變成一種固定儀式。「大自然是一種奇妙的東西，法蘭克。大自然是一種奇妙的東西。」

「你知道螞蟻為什麼這麼成功嗎？」他第一千次問我：「因為牠們合——作。」

「好個該死的——合——作。」

「是誰教牠們造水的？」

「是誰教我造水的？」

「那是個蠢回答，你也知道。」

「抱歉。」

「以前我曾認真接受人們的蠢回答。現在我不會了。」

「真是偉大的進步。」

「我長大了許多。」

「是啊，這個世界為此付出了不少代價。」我可以對法蘭克說些這類的話，而且我確信他完全聽不進去。

「有一段時間，別人可以毫不費力地嚇唬我，因為我對自己沒什麼自信。」

「光是減少地球上的人數，就足以減輕你個人的社交問題。」我又一次對這個聾子說話。

「你告訴我，你告訴我，是誰教這些螞蟻造水的？」他又一次向我挑戰。

有好幾次我都提出顯而易見的答案，說是上帝教牠們的。我從一次又一次的經驗中得知，他既不會反對這個理論，也不會接受這個理論。他只會變得愈來愈瘋狂，一次又一次地發問。

於是我遵照《布克農之書》的忠告，離開了法蘭克。布克農告訴我們：「當心那些認真學習某件事物，學會了，卻發現自己沒比以前更聰明的人。他對那些不求上進的無知之輩，充滿了想置他們於死地的怨恨。」

我去找我們的畫家，小紐頓。

# 125 塔斯馬尼亞人

當我在離洞穴一哩之外找到小紐頓時，他正畫著枯死的景色，他問我可不可以開車載他去玻利瓦搜尋顏料。他無法自己開車，因為他踩不到油門。

於是我們出發了。在途中，我問他還有沒有性衝動。我哀嘆說，我已完全沒有了——連個春夢也沒有，統統沒有。

「我以前常夢見二十呎、三十呎、四十呎高的女人，」他告訴我：「可是現在呢？老天，我甚至不記得我的烏克蘭侏儒長什麼樣子了。」

我想起一件事，我曾經看過一篇有關塔斯馬尼亞人原住民的文章，這些習慣赤身露體的人，在十七世紀碰到白人時，對於農業、動物耕作、任何種類的建築，甚至對於火，全都一無所知。白人認為他們無知而瞧不起他們，第一批移民——來自英國的罪犯，甚至當他們是打獵運動的獵捕對象。那些原住民發現生活變得如此乏味，於是放棄了繁衍。

我告訴紐頓，現在讓我們失去欲望的，就是類似的絕望。

紐頓機靈地說：「我想床笫之間的樂趣，其實是來自於可以讓人類繁衍，這兩者之間的關聯，比任何人想像的都還要深。」

「當然，假使我們當中有個正處於生育年齡的女人，情況很可能會大不相同。可憐的老海柔老到甚至連個唐氏症白痴都生不出來。」

紐頓表示，他對唐氏症白痴所知甚多。他曾經念過一所畸型兒學校，當時他有好幾個同學都是唐氏症患者。「我們班最會寫字的就是個唐氏症，名叫蜜娜。我是說她的字跡，可不是作文。老天，我已經好多年沒想起她了。」

「那間學校好嗎？」

「我只記得校長每天掛在嘴巴上的那些。他常常為了我們把教室弄得亂七八糟而用擴音器罵我們，而他的開場白每次都一樣：我真是又累又倦……」

「那倒是可以描述我大部分時候的感受。」

「或許那就是你現在該有的感受吧。」

「紐頓，你說話的口氣很像布克農教徒。」

「有何不可？據我所知，布克農教是唯一對侏儒有所評述的宗教。」

沒寫書的時候，我常翻閱《布克農之書》，但我並沒注意到有哪個地方曾提到侏儒。我很感謝紐頓的提醒，因為關於侏儒的這兩句話，隱含了布克農教思想的殘酷弔詭，那就是：對事實說謊而令人心碎的必要性，以及戳破謊言而令人心碎的不可能性。

侏儒，侏儒，侏儒，看他趾高氣昂又眨著眼睛，因為他知道一個人的高矮大小全繫於希望
和想法！

# 126
# 輕柔的笛聲繼續吹

「多麼令人沮喪的宗教啊！」我喊道。我把話題轉向烏托邦領域，談著如果世界有朝一日可以解凍，可能會變成什麼樣子，或應該變成什麼樣子，或可能還無法變成什麼樣子。

不過這個問題布克農也已經想過，他還寫了一整卷關於烏托邦的理論，第七卷，他稱之為「布克農共和國」。其中包含以下這些可怕的格言：

> 為藥房採購的那隻手統治了這個世界。
>
> 讓我們以一間連鎖藥房、一家連鎖超商、一座連鎖毒氣室和一項全國運動來開創我們的共和國吧。然後，我們才可以開始編寫我們的憲法。

我罵布克農是個胡言亂語的混蛋，然後再一次改變話題。我談到重如泰山的個人式英雄行為。我特別誇讚朱利安·卡索和他兒子選擇的死亡方式。在龍捲風呼呼肆虐之際，他們徒步走向叢林希望與慈悲之家，提供他們所能提供的希望和慈悲。我也認為可憐的安琪拉的死法很莊嚴。她在玻利瓦的廢墟中拾起一根單簧管，立刻開始吹奏，根本不在乎那根單簧管是否已受到冰—九汙染。

「輕柔的笛聲，繼續吹。」我低聲說。

「嗯，或許你也會找到某種不錯的死法吧。」紐頓說。

這句話也非常布克農。

我脫口而出，自己夢想拿著某個高貴的象徵物爬上馬卡比山，將它立在那裡。我讓雙手暫時離開方向盤，好讓他看看那雙手是多空洞的象徵。「但是，那個該死的象徵物究竟是什麼呢，紐頓？那會是什麼鬼東西呢？」我再次握緊方向盤。「就是現在，世界末日。而我在這裡，幾乎是最後一個人類，而那座山是放眼所及最高的山。紐頓，我終於知道我這個卡拉斯的目標是什麼了。幾十萬年來，它日夜忙碌，為的就是讓我爬上那座山。」我搖搖頭，差點沒哭出聲來。「只是，天可憐見，我的手裡到底該握著什麼樣的象徵物呢？」

我一邊提問，一邊茫然地望向窗外，茫然到等車子開過一哩之後，這才意識到我剛才曾和一個老黑人四目相接，一個活著的黑人，坐在路旁。

然後我放慢車速。我停下車，遮住雙眼。

「怎麼了？」紐頓問。

「我剛才看到布克農了。」

# 127 結尾

他坐在石頭上，打著赤腳，腳上結著冰—九的白霜。他身上僅有的衣物是一條藍繐邊的白床單，繐邊寫著孟娜屋。他對我們的到來不予理會，一手握著鉛筆，另一手拿了張紙。

「布克農？」

「有事嗎？」

「請問你在想什麼呢？」

「年輕人，我在想《布克農之書》的最後一個句子。該是寫最後一句的時候了。」

「想出來了嗎？」

他聳聳肩，將紙遞給我。

紙上寫的是：

如果我還年輕，我會寫一本記載人類愚行的歷史書。我會爬到馬卡比山頂上，躺下來，用我的歷史書當枕頭。我會從地上撿起一些把人們變成雕像的藍白色毒藥。我會讓自己也變成一尊雕像，仰臥在地，露出獰笑，鼻尖指向——你們知道是誰。

# 馮內果年表

麥田編輯部整理

| | |
|---|---|
| 一九二二 | 十一月十一日出生於美國印第安那州。 |
| 一九三六 | 就讀蕭瑞吉高中。 |
| 一九四〇 | 就讀康乃爾大學，為校刊 The Cornell Daily Sun 撰寫專欄文章。二次大戰開始後，離開學校從軍，軍方送他去巴特勒大學修細菌學，接著到卡內基技術學校與田納西大學修機械工程。 |
| 一九四四 | 馮內果從部隊返鄉探親前一天，母親自殺過世。 |
| 一九四五 | 馮內果被德軍囚禁在德勒斯登戰俘營時，與戰俘躲進名為「第五號屠宰場」的地下肉類儲藏室，成為倖存七名美軍戰俘之一，並以此經驗寫出《第五號屠宰場》。戰爭結束後與高中同學 Jane Marie Cox 結婚，生了三個小孩 Mark、Edith 與 Nanette。在芝加哥大學修習人類學，但沒拿到學位，轉而接受奇異公司的公關工作。 |
| 一九五〇 | 馮內果於《科利爾週刊》（*Collier's Weekly*）發表第一篇短篇故事〈倉屋效應報告〉（*Report on the Barnhouse Effect*），後收錄於一九六八年出版的《歡迎到猴子籠來》。自此馮內果開始在《科利爾週刊》、《週六晚郵報》（*The Saturday Evening Post*）等各家刊物發表短篇小說，專事寫作。 |
| 一九五一 | 離開奇異公司，成為專職作家。 |

| | |
|---|---|
| 一九五二 | 馮內果第一本小說《自動鋼琴》（*Player piano*）出版。 |
| 一九五八 | 馮內果的姊姊、姊夫相繼過世，馮內果收養了他們的三個小孩 Tiger、Jim 與 Steven。 |
| 一九五九 | 出版《泰坦星的海妖》。 |
| 一九六一 | 出版《夜母》（*Mother Night*），於一九九六年改編電影、《哈里森・布吉朗》（*Harrison Bergeron*），以及第一部短篇小說集《貓舍裡的金絲雀》（*Canary in a Cat house*）。 |
| 一九六三 | 出版《貓的搖籃》。 |
| 一九六五 | 出版《金錢之河》（*God Bless You, Mr. Rosewater*）。 |
| 一九六八 | 出版《歡迎到猴子籠來》（*Welcome to the Monkey House*）。 |
| 一九六九 | 出版小說《第五號屠宰場》，奠定他在美國及世界文壇的地位，於一九七二年改編電影。 |
| 一九七〇 | 出版劇作《祝妳生日快樂》（*Happy Birthday, Wanda June*），同年於百老匯演出，一九七一年改編電影。 |
| 一九七一 | 與 Jane Marie Cox 離婚。<br>芝加哥大學以《貓的搖籃》作為論文，授與馮內果人類學碩士學位。 |
| 一九七二 | 出版 Between Time and Timbuktu，同年改編為電視影集。<br>發表短篇小說〈空間大操〉（*The Big Space Fuck*），收錄於美國科幻小說大師哈蘭・埃利森（Harlan Ellison）選編的小說集《又是危險的幻象》（*Again, Dangerous Visions*）。 |
| 一九七三 | 出版《冠軍的早餐》（*Breakfast of Champions*），一九九九年改編電影。 |
| 一九七四 | 出版《此心不移》（*Wampeter, Forna And Granfalloons*）。 |
| 一九七六 | 出版《鬧劇》（*Slapstick*），一九八二年改編電影。 |

一九七九　與 Jill Krementz 結婚，育有女兒 Lily。

一九八二　出版《囚犯》（*Jailbird*）。

一九八四　出版《槍手狄克》（*Deadeye Dick*）。

一九八五　馮內果以酒服安眠藥企圖自殺未遂。

一九八七　出版《加拉巴哥群島》（*Galpagos*）。

一九九〇　出版《藍鬍子》（*Bluebeard*）。

一九九七　出版《戲法》（*Hocus Pocus*）。

出版半自傳小說《時震》（*Timequake*），在書中他誓言絕不再提筆，宣稱「上帝要我停止寫作」。

二〇〇二　重新提筆進行新的寫作計畫。

二〇〇五　出版《沒有國家的人》。

二〇〇七　四月十一日，在紐約市病逝，享年八十四歲。

二〇〇九　集結馮內果遺留下來的短篇小說、演講稿、書信等，出版《獵捕獨角獸》（*Armageddon in Retrospect: And Other New and Unpublished Writings on War and Peace*）。

二〇一二　集結馮內果的六篇短篇故事、一篇散文以及未完成的科幻作品，出版《人生就是那麼回事：馮內果短篇》（*Sucker's Portfolio*）。

二〇一三　丹・魏克菲（Dan Walkefiel）選編九篇馮內果的演說稿，並為之作序，出版《這世界還不好嗎？》。

二〇一四　丹・魏克菲選編馮內果的書信集，並為之作序，出版 Kurt Vonnegut: Letters。

# GREAT! 60 貓的搖籃



作　　者　馮內果（Kurt Vonnegut）
譯　　者　謝瑤玲　曾志傑
封面設計　莊謹銘
主　　編　徐　凡
責任編輯　丁　寧

國際版權　吳玲緯　楊　靜
行　　銷　闕志勳　吳宇軒　余一霞
業　　務　李再星　陳美燕　李振東
總 編 輯　巫維珍
編輯總監　劉麗真
發 行 人　凃玉雲
出　　版　麥田出版
地址：10483 台北市中山區民生東路二段 141 號 5 樓
電話：(02) 2500-7696　傳真：(02) 2500-1967
發　　行　英屬蓋曼群島商家庭傳媒股份有限公司城邦分公司
地址：10483 台北市中山區民生東路二段 141 號 11 樓
網址：http://www.cite.com.tw
客服專線：(02)2500-7718 ｜ 2500-7719
24 小時傳真服務：(02)2500-1990 ｜ 2500-1991
服務時間：週一至週五 09:30-12:00 ｜ 13:30-17:00
劃撥帳號：19863813　戶名：書虫股份有限公司
讀者服務信箱：service@readingclub.com.tw
香港發行所　城邦（香港）出版集團有限公司
地址：香港灣仔駱克道 193 號東超商業中心 1 樓
電話：+852-2508-6231　傳真：+852-2578-9337
電郵：hkcite@biznetvigator.com
馬新發行所　城邦（馬新）出版集團【Cite(M) Sdn. Bhd. (458372U)】
地址：41, Jalan Radin Anum, Bandar Baru Sri Petaling, 57000 Kuala Lumpur, Malaysia.
電話：+603-9057-8822　傳真：+603-9057-6622
電郵：cite@cite.com.my
印　　刷　中原造像股份有限公司
三　　版　2023 年 10 月
定　　價　400 元
I S B N　978-626-310-517-1
電 子 書　978-626-310-533-1 ( EPUB )

國家圖書館出版品預行編目 (CIP) 資料

貓的搖籃 / 馮內果著 ; 謝瑤玲 , 曾志傑譯 . -- 三版 . -- 臺北市 : 麥田出版 : 英屬蓋曼群島商家庭傳媒股份有限公司城邦分公司發行 , 2023.10
面 ;　公分
譯自 : Cat's cradle
ISBN 978-626-310-517-1 ( 平裝 )

874.57　　112011091

城邦讀書花園
www.cite.com.tw

Printed in Taiwan.
本書若有缺頁、破損、裝訂錯誤，請寄回更換。